À L'ENCRE DE TON ÂME

UNE ROMANCE MONTGOMERY INK

CARRIE ANN RYAN

À L'ENCRE DE TON ÂME

Une romance Montgomery Ink

Carrie Ann Ryan

À l'encre de ton âme
Une novella Montgomery Ink
par Carrie Ann Ryan
© 2013 Carrie Ann Ryan
eBook ISBN : 978-1-950443-58-1
Print ISBN: 978-1-950443-59-8

Traduit de l'anglais par Alexia Vaz pour Valentin Translation

Ceci est une œuvre de fiction. Les noms, les lieux, les personnages et les incidents sont le produit de l'imagination de l'auteur et sont fictifs. Toute ressemblance avec des personnes réelles, existantes ou ayant existé, des événements ou des organismes serait une pure coïncidence.

À L'ENCRE DE TON ÂME

Pour Callie Masters, rien ne vaut un homme aux tempes grisonnantes. Quand un bel homme d'âge mûr entre dans son box, elle manque tomber à genoux. Il est plein de charme, mais redoutable aussi, un loup vêtu de pouvoir. Elle doit travailler sur le tatouage dans son dos au lieu de rêvasser à des choses bien plus tentantes.

Morgan McAllister sait qu'il ne devrait pas désirer la femme à côté de lui, et pas seulement à cause de la différence d'âge. Ils viennent de deux mondes différents, et il refuse d'entraîner une âme si pure dans son cercle dangereux.

Pourtant, le feu qui brûle entre eux ne se laisse pas facilement éteindre, et il suffit d'un regard langoureux pour les jeter dans les bras l'un de l'autre. Les malentendus et les trahisons douloureuses ne sont que le début des épreuves qui se dressent sur leur chemin, et s'ils ne prêtent pas attention, ils auront tout perdu avant même de pouvoir vraiment commencer.

CHAPITRE UN

ÊTRE PENCHÉE au-dessus d'une table pendant de longues heures n'était qu'un des avantages quand on était Callie Masters. Non, vraiment, la douleur qui venait d'une telle position était incomparable. Puisqu'elle était penchée de cette façon pour tatouer *seule* sur un nouveau client un dessin brillant – si elle pouvait en juger par elle-même –, elle avait hâte de ressentir à nouveau cette douleur. En fait, si elle analysait correctement la réaction de son patron, elle serait peut-être engagée pour en faire davantage, bientôt.

Aujourd'hui allait être une super journée. Callie se déhancha dans le bureau, fredonnant toute seule. Lorsqu'elle leva les mains, elle ferma les yeux, se balançant au rythme d'une musique qu'elle était la seule à pouvoir entendre. Elle dansa sur le rythme dans sa tête, se mettant en condition pour travailler. Ce n'était pas difficile puisqu'elle *adorait* son travail. *Je fais ce dont j'ai toujours rêvé... et je suis* payée *pour ça. À quel point suis-je chanceuse ?* Elle avait vingt-cinq ans et savait qu'elle était bien partie pour passer sa carrière à offrir de l'art, de la joie et des souvenirs à ceux qui le lui demandaient.

Être l'apprentie d'Austin Montgomery, le copropriétaire de *Montgomery Ink* était un rêve pour certains tatoueurs et c'était elle qui avait obtenu le poste convoité. Austin n'avait eu qu'un seul apprenti avant elle, et cela s'était passé quelques années avant qu'elle vienne à la boutique à la recherche d'une nouvelle vie. Elle secoua une nouvelle fois les hanches et tourna deux fois sur ses talons. Ses boucles d'oreilles tapèrent contre sa mâchoire quand elle s'agita.

Oui, elle avait bu un peu trop de café. Elle ne pouvait s'en empêcher, puisque son endroit préféré, *Taboo*, avait une entrée directe depuis le magasin. En plus, son amie Hailey en était la propriétaire et la gérante. Callie sentait que son devoir était de soutenir les boutiques locales.

Elle secoua à nouveau ses fesses.

Peut-être qu'elle devait y aller mollo sur la caféine. Peut-être un peu.

— Sérieusement ? Danser seule dans le bureau, sans aucune musique, c'est bizarre. Même pour toi.

Sloane, son ami et collègue, le dit avec le sourire, mais Callie rougit immédiatement, jusqu'à la racine de ses cheveux noirs et rouges. Elle cligna des yeux devant cet homme chauve qui ne souriait pas autant qu'il le devrait. Il était plus grand qu'elle, mais elle savait qu'il avait un cœur tendre.

D'accord, alors il pouvait probablement écraser la tête de quelqu'un à mains nues, mais il était comme son grand frère.

Tout de même, il n'avait pas le droit de se moquer d'elle.

— J'étais seule. J'ai le droit de danser si je veux.

Sloane ricana.

— Bien sûr que tu le peux, ma belle. Et quand je te croiserai, je te traiterai de folle. Mais on t'aime quand même.

Elle lui donna un coup de poing dans le ventre et grimaça à cause de la douleur dans sa main. Est-ce que tous les hommes de Montgomery Ink faisaient de la musculation pour travailler ici ? Elle se sentait tellement chétive à côté de lui. La plupart des filles apprécieraient, et ce serait peut-être aussi son cas si elle ne travaillait pas constamment avec eux. Ils la traitaient tous comme si elle était leur petite sœur. Ça ne la dérangeait pas trop, étant donné qu'elle ressentait la même chose vis-à-vis d'eux, mais ce serait sympa si un homme la matait de temps en temps.

Waouh. Ça venait d'où ça ? Apparemment, redescendre de son nuage de caféine la faisait prendre le chemin de la solitude, du doute et de l'apitoiement sur elle-même. Il valait mieux qu'elle se débarrasse de ça au passage et qu'elle aille chercher plus de caféine.

Son corps réclama sa boisson et elle sourit. Oui, le café pouvait tout régler.

— Comment va ta main ? s'enquit Sloane, la sortant de sa rêverie caféinée.

Elle agita une main en l'air, puis étira ses doigts.

— Ça va, mais la prochaine fois, essaie au moins de faire comme si c'était douloureux. D'accord ?

Sloane tordit ses doigts et lui tapota la tête. Vous voyez ? En aucun cas, elle ne le trouvait attirant, pas quand il lui donnait l'impression d'être sa petite sœur. Non pas qu'il y ait quelque chose de mal là-dedans. Elle aimait sa famille de *Montgomery Ink*.

Elle avait juste besoin de s'envoyer en l'air.

Eh bien, dans ce cas, plus de caféine et un nouvel état d'esprit étaient nécessaires.

Et vite.

— Qu'est-ce qu'il se passe dans ta tête ? demanda Sloane lorsqu'il la contourna.

Il feuilleta quelques carnets vierges avant de trouver celui qui correspondait à ses envies, puis il fit la même chose avec ses crayons.

— Rien.

Elle jura.

— Enfin, rien d'important. Je crois que j'ai juste besoin d'un thé ou quelque chose comme ça.

Elle bougea les pieds, ne sachant pas ce qui clochait chez elle. Elle était nerveuse depuis un moment déjà et elle n'arrivait pas à savoir pourquoi. Oui, tout se passait bien. Son travail, ses amis, et sa vie en général. Elle n'avait pas de quoi se plaindre, mais pour une quelconque raison, elle avait l'impression qu'elle était au bord de quelque chose... attendant quelque chose sur lequel elle ne pouvait mettre le doigt. C'était comme si elle attendait sur le bord qu'un événement se produise.

Et elle *détestait* attendre.

Callie préférait l'action. Si elle n'avait pas cherché à obtenir ce qu'elle voulait au début, elle n'en serait pas là aujourd'hui.

Cependant, ce n'était pas comme si elle pouvait contrôler cette émotion, alors elle devait la mettre de côté et se mettre au travail.

— Qu'est-ce que tu vas dessiner, aujourd'hui ? demanda-t-elle à Sloane quand il ne fit aucun commentaire sur ses préférences de boisson.

Il savait qu'elle était accro à la caféine et qu'elle ne changerait pas.

Sloane la regarda brièvement, du coin de l'œil, avant de passer une main sur la page blanche. Elle aimait regarder ses artistes travailler. Ils avaient un système, un coup de main qui leur était unique à chacun. Eh oui, elle les considérait comme *ses* artistes. Un jour, elle aurait peut-être même un fauteuil et une banquette pour elle toute seule.

— Un homme vient demain pour une consultation, un ancien militaire.

Une étrange expression passa sur son visage et elle retint son envie pressante de le réconforter. Elle savait que Sloane était également un ancien militaire, mais il n'en parlait jamais et elle n'insistait jamais. Elle savait qu'il ne fallait pas le faire.

— Il a dit au téléphone qu'il voulait un faucon sur le dos, donc je vais lui faire quelques croquis.

Callie acquiesça, sa gorge se resserrant.

— Et tu veux que celui-ci soit spécial, dit-elle doucement.

Sloane acquiesça brièvement, puis se remit au travail, toute son attention focalisée sur la page devant lui... ou peut-être sur son passé qu'elle et ses amis ne pouvaient pas vraiment comprendre.

Elle recula doucement hors du bureau, attrapant son propre bloc-notes, son crayon, et son porte-feuille en même temps. Elle aimait tellement ses frères et ses sœurs d'encre que c'en était parfois douloureux. Elle voulait tous les aider, mais ce n'était pas à elle de le faire.

— Hé, tu vas chez Hailey ? demanda Austin depuis son tabouret.

Il avait une main sur le client musclé devant lui et un pistolet de tatouage dans l'autre. Curieuse, elle s'avança vers eux pour admirer son travail.

Elle retint un soupir joyeux en voyant l'iguane enroulé autour du bras de l'homme. Austin était un génie quand il s'agissait des ombres et des couleurs. Il travaillait sur différentes teintes de vert, les mélangeant si bien que cela ressemblait à une photo, plutôt qu'à de l'encre sur de la peau.

— Callie ?

— Quoi ? Oh, oui, je vais chez Hailey. Tu veux quelque chose ?

— Un petit café glacé serait génial. J'ai besoin d'un boost.

Il jeta un coup d'œil à son client.

— Vous voulez un smoothie ou un jus ? On a quelques trucs dans le frigo, mais si Callie va à la boutique d'à côté, autant vous prendre quelque chose de meilleur.

Son client donna sa commande à Callie – un grand smoothie à la fraise – et elle les quitta tous les deux. Lorsqu'elle reviendrait, soit elle pourrait s'asseoir avec Austin et le regarder travailler, soit elle irait faire un tour à pied. Elle en était arrivée au point où Austin et sa sœur Maya la laissaient travailler sur de petits tatouages, sous leur supervision. Tout ce qui prenait moins d'une heure était possible et elle adorait ça. Elle savait aussi qu'elle était prête pour la prochaine étape, du moins, c'était ce qu'elle pensait, et elle espérait qu'Austin aurait le même avis.

Callie passa la porte de séparation avec *Taboo*, le café d'Hailey, et respira l'arôme riche de la soupe, du café frais et des pâtisseries. Elle avait l'eau à la bouche et elle se dit qu'elle devrait probablement prendre un petit truc à manger pendant qu'elle y était. La caféine ne faisait pas tout.

Hailey se tenait derrière le comptoir, parlant à l'un de ses clients réguliers. Le carré blond platine de son amie brillait sous la lumière, pas un cheveu ne dépassait. Callie ne savait pas comment cette femme faisait. Elle avait l'air parfaite, même après une longue journée à travailler avec de la nourriture, de l'humidité et des clients qui passaient également de longues journées.

Callie passa une main dans ses cheveux noirs et rouges, sachant qu'elle aurait probablement l'air d'être sortie du lit peu de temps avant. Elle avait utilisé son fer à lisser ce matin, mais Denver était étrangement humide ce jour-là. Étant donné que l'air de la ville aspirait généralement l'humidité sur sa peau la plupart du temps, cela n'était pas rien.

— Arrête de jouer avec tes cheveux. Tu es belle. Comme toujours. Petite pétasse chanceuse, dit Hailey.

Elle fit un clin d'œil, puis avança vers Callie.

— Assieds-toi et dis-moi ce dont tu as besoin.

— D'un homme ? lâcha Callie.

Elle ferma les yeux. Bon sang. Ce n'était clairement pas ce qu'elle avait voulu dire.

Hailey rejeta la tête en arrière et rit.

— Il était temps que tu le dises, même si je ne sais pas si tu as vraiment besoin d'un homme ou juste de t'envoyer en l'air.

L'autre client au comptoir crachota son café et Callie rit, se tournant vers lui.

— Elle voulait dire que je n'ai pas besoin d'un homme dans ma vie, juste d'un orgasme. Je ne suis pas lesbienne. Enfin, j'ai roulé des galoches à quelques filles quand j'avais genre, dix-neuf ans, mais c'était juste pour l'expérience. C'est bon d'être sûre de ce qu'on veut, vous voyez ?

L'homme rougit violemment, posa de l'argent sur le comptoir et détala.

Hailey rit à côté d'elle.

— Si je ne savais pas que cet homme avait entendu pire en venant ici et en écoutant Maya parler, je me serais énervée contre toi pour avoir fait fuir mes clients.

Callie leva les yeux au ciel.

— Quoi ? Il t'écoutait me disant de m'envoyer en l'air. Je voulais juste clarifier.

— Tu es une idiote, mais je t'aime. Maintenant, dis-moi ce que tu veux comme café et nourriture puisque je ne peux pas t'aider à prendre ton pied.

— C'est dommage, la taquina Callie.

Hailey tapota le comptoir du bout des doigts.

— Tu sais, je mérite qu'on se pâme devant moi, mais je ne suis pas ce dont tu as besoin. Et tu n'es pas ce que je veux.

Son regard dériva vers *Montgomery Ink* et Callie retint une réplique mordante. Il y avait des secrets que même les amis se cachaient. Le désir, l'amour non réciproque et l'envie en faisaient partie.

— Je voudrais un thé glacé, Austin, un petit café glacé, son client un grand smoothie à la fraise, et je crois que je vais prendre la salade de fruits, puisque j'ai besoin de manger un morceau.

Hailey acquiesça, puis se retourna pour préparer la commande de Callie.

— Et pour Sloane ? s'enquit Hailey d'une voix décontractée.

Trop décontractée.

Callie soupira. Elle ne pouvait pas régler les problèmes de ses amis, même si elle le voulait désespérément.

— Il travaille sur un projet qui va probablement lui demander beaucoup d'implication. Je ne voulais pas le déranger en lui demandant ce qu'il voulait boire alors qu'il était si concentré.

Hailey secoua la tête, marmonnant dans sa barbe.

— Je vais lui faire sa boisson énergisante et lui préparer une tasse de soupe.

Elle regarda par-dessus son épaule.

— Tu t'assureras qu'il mange. D'accord ?

Callie acquiesça, sachant qu'Hailey voudrait prendre soin de Sloane, même si elle ne pouvait le faire personnellement. Elle ne pouvait pas tout faire et puisque Callie était certaine qu'elle ne savait pas toute l'histoire, elle n'interférerait pas. Ce n'était pas à elle de le faire.

Hailey mit la nourriture dans le sac et les boissons dans un porte-gobelet lorsqu'elle eut fini.

— Tu as besoin d'aide pour tout emporter ?

Callie secoua la tête.

— Non, je gère. S'il y avait une boisson en plus, alors j'aurais eu besoin d'aide, mais Maya n'est pas là, alors ça va.

— Elle sort encore avec Jake ?

Callie ricana.

— Oui. C'est son jour de repos, alors elle est partie faire quelque chose avec Jake. Mais ils sont juste amis, Hailey. Je suis presque sûre qu'ils n'ont jamais couché ensemble puisque je ne ressens pas ce genre de vibrations.

— On ne peut pas *juste* être amie avec un homme comme lui.

— Peut-être, peut-être pas. Je suis amie avec lui. En fait, je suis amie avec toute l'équipe et je n'ai couché avec aucun d'eux.

Hailey soupira.

— Oui, mais tu travailles avec eux et ils te traitent comme une sœur. Jake ne traite pas Maya comme une sœur.

— Non, il la traite comme si elle était l'un des mecs. Je pense honnêtement qu'ils se sentent bien en tant qu'amis. En plus, on l'ennuie déjà assez avec ça pour que je la taquine aussi.

Hailey rejeta la tête en arrière et rit.

— Chérie, tu la taquines toujours en disant qu'ils couchent ensemble. Tu lui cries même ça en public et tu te moques. Elle se moque en retour, donc c'est juste comme ça que vous fonctionnez tous les deux.

Callie rougit. C'était la vérité. Maya effrayait la plupart des gens tant elle était effrontée, puisqu'elle avait plus de tatouages qu'on ne le jugeait convenable pour une femme, et qu'elle disait ce qu'elle pensait. Avant, elle intimidait également Callie, mais celle-ci avait ensuite vu sous cet extérieur bourru une femme qui s'inquiétait pour ceux qu'elle aimait de tout son cœur. Maintenant, elles plaisantaient toutes les deux et Jake était juste un sujet de conversation de plus. Si Callie avait aperçu un éclat de douleur dans le regard de l'autre femme, elle ne l'aurait jamais fait, mais Maya l'acceptait sans sourciller et plaisantait en retour.

— À plus tard, ma belle. Ne travaille pas trop dur.

— Je ne travaille jamais trop dur, mentit Hailey.

Callie leva les yeux au ciel, puis retourna dans la boutique. Elle déposa la soupe de Sloane ainsi que sa boisson dans son bureau. Il ne la regarda même pas, concentré sur le dessin devant lui. Elle ne jeta pas un seul coup d'œil à son œuvre, puisqu'elle ne souhaitait pas être indiscrète, même si elle en avait envie.

— Mange, sinon je le dis à Hailey, déclara-t-elle doucement.

Sloane se figea et baissa lentement les yeux vers la soupe.

— Merci, dit-il d'une voix rauque.

Puis il recommença à travailler.

Merde. Peut-être que mentionner le nom d'Hailey pendant qu'il était concentré n'était pas la meilleure chose à faire, mais elle ne pouvait pas retirer ce qu'elle avait dit, maintenant. Elle repartit dans la boutique et tendit sa boisson à Austin avant de poser le smoothie du client devant celui-ci.

— Alors, comment ça se passe ? demanda-t-elle en buvant une gorgée de thé.

Quel délice à la cannelle ! Le client marmonna quelque chose et elle lança un petit regard à Austin.

— On a presque terminé, Geoff est juste dans les vapes.

Austin s'arrêta et regarda le visage du client.

— Ça va toujours, mon frère ?

— Oui, ça ne fait pas mal, mais c'est la vibration qui me monte à la tête.

Austin acquiesça et se remit au travail. Le bourdonnement de l'aiguille calmait Callie en même temps qu'il l'excitait. Ce paradoxe était ce qui faisait d'elle une tatoueuse. Elle aimait l'idée de créer quelque chose de nouveau tout en sachant que c'était une chose dans laquelle elle pouvait se plonger.

— J'ai bientôt fini. Je fais juste la dernière ombre, ensuite je te mettrai de la cellophane. Je sais qu'après un moment, le bruit peut être difficile à supporter.

— Merci, marmonna Geoff, les yeux fermés.

— Tu veux que je fasse quelque chose ? demanda Callie tandis qu'Austin travaillait.

Austin inclina la tête vers l'avant du magasin.

— On a un rendez-vous imprévu, assis là-bas, en train de regarder les catalogues. Plus tard, on a une consultation et je veux que tu y participes. D'après ce que dit la fille, tu devrais pouvoir t'en occuper toute seule.

Callie lui lança un sourire radieux, tapotant sa cuisse. Elle avait hâte de s'y mettre, mais faire une autre danse ne la ferait pas passer pour la fille calme, cool et détendue, comme l'étaient la plupart des tatoueurs qui déchiraient.

— Qui est cette consultation ? demanda-t-elle.

Elle avait hâte de commencer à travailler sur le tatouage de la fille, même si elle savait qu'elle devrait d'abord récupérer toutes les informations.

— Une vieille connaissance. Tu verras. Je pense que tu seras intriguée.

Callie haussa les sourcils après ce commentaire mystérieux, puis but un peu plus de thé.

— D'accord. Où veux-tu que je travaille ?

Puisqu'elle n'était pas tatoueuse à temps plein, elle n'avait pas de poste en propre. Elle avait son propre kit et ses instruments qu'elle avait achetés au fil du temps, mais contrairement aux autres, elle n'avait pas son fauteuil et son endroit à elle. Elle passait de poste en poste, partageant généralement l'espace pour apprendre et être supervisée en même temps. Cela ne la dérangeait pas puisque la plupart des gens devaient travailler de cette façon quand ils commençaient, et elle avait honnêtement appris beaucoup de choses rien qu'en étant là pour aider si besoin.

Austin leva les yeux du bras de Geoff.

— Va au poste vide, près de Sloane. Tu devrais en avoir fini avec cette fille, quand Morgan reviendra.

Son corps se raidit à la mention d'un poste vide. C'était nouveau.

— Morgan ? s'enquit-elle.

Elle essaya d'avoir l'air décontractée quant à la signification de ses paroles.

— Mon ami, pour la consultation, dit Austin en souriant. Et oui, Callie. Tu peux prendre le poste supplémentaire. On l'a vidé pour toi hier soir.

Callie se figea, ses yeux se remplissant de larmes.

— Quoi ?

Austin, jura, tapotant le dos de Geoff.

— Donne-moi une seconde.

— Bien sûr. Si tu t'apprêtes à faire ce que je pense, alors je suis ravi d'être là pour en être témoin.

Callie déglutit difficilement, son regard passant d'Austin, à Geoff, au poste vide, puis de retour sur Austin.

— Qu'est-ce que tu veux dire ?

— Tu es prête pour avoir ton propre poste, ma belle, dit doucement Austin. Tu es prête depuis un moment, mais Maya et moi voulions être sûrs que la boutique le soit également. Puisque Tommy a déménagé quand sa femme a obtenu un poste au Texas la semaine dernière, on a libéré un poste. Alors, il est à toi. On parlera business et tout ce que ça signifie quand Maya reviendra, mais bienvenue dans la famille. Tu es l'une d'entre nous.

Callie jeta ses bras autour du cou d'Austin, pleurant doucement.

— Oh, merci beaucoup. Merci, merci, merci.

Austin, lui tapota le dos et la reposa.

— Tu es douée dans ce que tu fais. Alors, va travailler sur l'étoile pour cette fille, et on pourra travailler avec Morgan ensemble.

Elle acquiesça, légèrement abasourdie, puis embrassa Austin sur la joue.

— Merci.

— Tu dragues mon mec ? la taquina Sierra en entrant.

Callie rougit, puis s'éloigna d'Austin.

— Il vient juste de me dire que j'avais mon propre poste, alors je le remerciais simplement. Il est tout à toi.

Sierra lui offrit un grand sourire avant de l'enlacer. Callie ferma les yeux, laissant sa famille de tout sauf de sang célébrer avec elle.

— Je suis tellement fière de toi.

Elle regarda Austin.

— Maya va être sur les nerfs que tu ne l'as pas attendue.

Austin haussa les épaules.

— Peu importe. Je veux que Callie travaille avec Morgan et Maya n'est pas là. Elle va s'en remettre.

Callie grimaça.

— Je n'ai tellement pas envie d'être là quand tu le lui diras.

— Peu importe, marmonna Austin, concentré sur son travail.

— C'est bon de te voir, dit Callie à Sierra.

— Toi aussi, chérie. Je passe juste pour dire bonjour avant d'aller voir une autre dans le coin.

Callie haussa les sourcils.

— Tu as des problèmes ?

Sierra était la propriétaire d'*Eden*, une boutique de l'autre côté de la rue. C'était ainsi qu'Austin et elle s'étaient rencontrés.

— Des problèmes ? Oh, non. Pas du tout. J'aime juste voir ce que vendent les autres magasins. C'est bon de connaître ses rivaux.

Callie sourit.

— Oh, super. Amuse-toi bien. Tu me diras comment ça s'est passé.

— D'accord. Félicitations, chérie.

— Merci !

Callie marcha d'un pas rebondissant vers la fille assise dans la salle d'attente, essayant d'avoir l'air décontractée et se plantant complètement. Peu importait, elle était une artiste accomplie, désormais. Avec un poste. Elle pouvait être guillerette et avoir l'air immature si elle le voulait.

— Salut, je suis Callie et je serai ton artiste aujourd'hui.

Youpi.

— Viens jusqu'à mon poste et on parlera des étoiles.

Son poste. Encore youpi.

La fille lui sourit.

— Je m'appelle Jessica. Ravie de te rencontrer.

Callie guida Jessica vers son nouveau poste et parla d'étoiles, d'endroits. Austin avait raison : ce serait un tatouage très facile pour son premier en solo. La fille le voulait à l'intérieur du poignet et il ne serait pas plus grand qu'un ongle. En plus, elle ne voulait que le contour et aucun remplissage.

— Laisse-moi récupérer mes affaires et on peut commencer, dit Callie avant de retourner dans le bureau pour aller chercher son kit.

Quand tout fut prêt, elle commença à dessiner des croquis devant Jessica. Elle était euphorique et prête à tatouer. Elle dessina au pochoir l'étoile sur le poignet de la fille, eut son approbation et commença à tatouer. La vibration alla directement dans ses os et elle sourit.

Mon Dieu, elle aimait son travail.

Jessica ne tressaillit pas quand Callie se mit au travail. Cela dépendait vraiment de la personne et de l'endroit pour savoir si un client allait beaucoup bouger durant la session. La fille ne semblait pas être dérangée par l'aiguille et Callie se considéra comme chanceuse. Une cliente parfaite et un tatouage parfait pour son premier travail toute seule. Bien sûr, elle avait déjà fait des tatouages auparavant, mais jamais en solo. Jamais sur un poste qu'elle pouvait faire *sien*. Austin, Sloane, Maya et les autres seraient là si elle avait besoin d'eux, mais pour le moment, elle était toute seule.

Oh, mon Dieu, cela ne semblait-il pas extraordinaire ?

Quand elle eut terminé la paperasse et dit au revoir à Jessica, Austin en avait déjà fini avec une autre consultation après le départ de Geoff. Sloane était sur son poste, travaillant sur un tatouage à la jambe auquel elle voudrait jeter un coup d'œil plus tard, et il y avait une bonne ambiance dans la pièce. Il n'y avait pas trop d'agitation, et pourtant, il y avait assez de gens pour lui donner l'impression qu'elle était au bon endroit.

Les cheveux sur sa nuque se hérissèrent et elle frissonna. Elle se tourna vers la porte et battit des paupières une fois. Deux fois.

L'homme le plus sexy qu'elle avait jamais vu de sa vie se tenait dans l'embrasure.

Non, « se tenait » n'était pas le bon mot, pas avec la façon dont sa présence remplissait le magasin. Mon Dieu, est-ce qu'elle était en train de haleter ? Les larges épaules de l'homme étaient coincées dans un costume qui devait coûter plus que son loyer, mais elle s'en moquait. Son torse épais s'effilait jusqu'à une taille fine et des cuisses musclées. Rien que cette idée lui fit serrer ses propres cuisses. Il serrait les poings sur les côtés et, oh, mon Dieu, ces mains. Elles étaient larges, épaisses et semblaient tellement inappropriées avec ce costume élégant. On aurait dit qu'il *utilisait* ses mains, plutôt que de se contenter de rester assis derrière un bureau, comme le suggérait sa tenue.

Elle laissa son regard parcourir son corps et se fixer sur visage. L'attention de ce dernier était concentrée devant lui, donc elle le voyait de profil. Il serrait la mâchoire, mais bon sang, il était vraiment beau. Il devait être dans la fin de la trentaine ou avoir une petite quarantaine. Il avait l'une de ces coupes de cheveux de luxe qui donnait l'impression que ses mèches brunes et foncées étaient parfaitement coiffées. À la façon dont ses cheveux grisonnaient sur ses tempes, il avait l'air encore plus dangereux.

Il était peut-être plus vieux qu'elle, néanmoins ses hormones s'en moquaient. Non, elles hurlaient « oh oui, c'est parti ». Ses tétons se durcirent et elle remercia Dieu d'avoir mis un soutien-gorge ce matin-là. Ça aurait été très embarrassant si cela avait été la première chose qu'il voyait.

Il se tourna vers elle et elle prit une brusque inspiration. Des yeux bleus perçants la fixaient en retour, l'étudiant comme s'ils ne comprenaient rien.

Ce n'était pas inhabituel.

Elle voulait cet homme. Maintenant. Plus tard. Plus d'une fois.

— Morgan, ravi que tu aies pu venir, dit Austin.

Il avança vers l'homme au regard sexy. Il tendit une main et Morgan la serra.

— Merci de te libérer du temps pour moi, répondit Morgan d'une voix basse et rauque.

Elle était si profonde qu'elle vibra jusqu'au sexe de Callie.

Bon sang. C'était Morgan. L'homme qu'Austin voulait lui faire tatouer. Cela ne lui ferait aucun bien de le désirer. Bien sûr, Austin avait fini par se fiancer à Sierra après une consultation, mais coucher avec les clients n'était pas la meilleure façon de commencer une carrière.

Sa libido jura et elle la repoussa sur le côté. Elle allait juste le regarder de loin... alors même qu'elle poserait les mains sur lui de manière professionnelle.

— Callie.

Elle secoua la tête et regarda à nouveau les hommes. On aurait dit qu'ils avaient essayé d'attirer son attention et qu'elle s'était perdue dans ses pensées obscènes.

— Pardon, je rêvassais.

Austin lui lança un regard curieux, puis lui fit signe de venir.

— Morgan, voici Callie Masters. Callie, voici l'un de mes plus anciens amis, Morgan McAllister. D'après ce que tu m'as dit, Morgan, je pense vraiment que Callie peut faire un très bon travail avec ton tatouage.

Morgan fronça les sourcils.

— Elle tatoue depuis longtemps ? Je croyais que quand je viendrais, tu travaillerais sur moi, pas une nouvelle étudiante.

Callie ravala sa frustration de voir cet homme parler d'elle comme si elle n'était même pas là.

— J'ai de l'expérience, monsieur McAllister. Ne vous inquiétez pas, je ne vais pas rater votre tatouage.

— Oui, Morgan. C'est une artiste incroyable et douée avec la couleur. Tu seras entre de bonnes mains.

Morgan plissa les yeux.

— Si tu le dis.

— Oui, il le dit, cracha Callie.

Généralement, elle se montrait plus gracieuse avec les clients. Ce n'était pas comme si elle n'avait pas été confrontée à des clients qui la pensaient incompétente, auparavant. Mais celui-ci l'avait réchauffé si rapidement avant de la refroidir brusquement.

Elle voulait peut-être se le taper, ou du moins, elle avait peut-être *voulu* – au passé – se le taper, mais désormais, elle voulait lui prouver qu'elle était assez douée. Il était bien trop froid pour elle et son commentaire sur son statut « d'étudiante » lui indiqua qu'il la trouvait trop jeune.

Austin les regarda tous les deux avant de croiser

son regard. Elle acquiesça, lui indiquant avec son regard qu'elle pouvait gérer. Plus tard, quand Morgan ne serait plus là, elle dirait à Austin ce qu'elle ressentait. Il sembla comprendre, et fit un pas en arrière.

— D'accord. Je vais vous laisser travailler tous les deux.

Il serra l'épaule de Morgan.

— Je ne te mettrais pas entre ses mains si je ne lui faisais pas confiance de tout mon cœur. Compris ?

Morgan acquiesça, mais n'arrêta pas de froncer les sourcils. Peu importait, elle allait lui prouver – et se prouver – qu'elle pouvait le faire.

Elle le guida vers son nouveau poste et lui fit signe de s'asseoir. Il le fit, mais n'enleva pas sa veste de costume, sa froideur ne quittant pas son corps.

— Que vouliez-vous ? demanda-t-elle, essayant de garder une voix chaleureuse.

Elle n'allait pas laisser cet homme la perturber. Elle avait traversé pire que ça, elle pouvait le faire.

— Le dos entier avec un dessin qui redescend jusqu'en bas des bras, mais qui est aussi facilement recouvert dans un costume.

Eh bien, bon sang. C'était gros. *Vraiment* gros.

— Que voulez-vous comme dessin ?

Il croisa son regard.

— Un phénix.

Le symbole de la renaissance. Du changement.

Elle pouvait le faire. Ses doigts la démangeaient de commencer à esquisser. Oh, bon sang, elle avait hâte de tatouer son corps.

Elle sourit.

— On peut le faire, monsieur McAllister. Ne vous inquiétez pas, vous êtes entre de bonnes mains.

Il haussa un sourcil, mais elle ne rougit pas. Elle allait lui faire le meilleur tatouage de sa vie, et elle le laisserait partir. Morgan McAllister et toute son allure sexy n'étaient pas pour elle, mais elle allait lui montrer ce qu'elle pouvait faire en matière de tatouage.

Elle était Callie Masters. Une tatoueuse qui déchirait.

CHAPITRE DEUX

MORGAN MCALLISTER IRAIT EN ENFER. Il n'y aurait pas d'autres issues à ses pensées vraiment très impures. Le désir coulant dans ses veines n'aidait pas non plus. Mon Dieu, il voulait retourner Callie et faire des va-et-vient en elle jusqu'à ce qu'ils soient tous les deux en sueur, en train de haleter. Il pouvait pratiquement sentir ce vagin se contracter autour de son sexe, le serrant jusqu'à ce qu'il tremble dans une douce agonie.

Il avait eu envie de l'attacher, de la faire supplier pour qu'il la prenne, puis il l'aurait fessé à cause de ses paroles obscènes. Il aurait fait glisser sa verge dans sa bouche, regardant sa longueur devenir de plus en plus mouillée quand il baiserait son visage.

Nom de Dieu. Ça n'arriverait pas.

Maintenant, il bandait et devait passer outre ce qu'il voulait faire avec sa petite tatoueuse.

La sienne.

Bon sang, non. Elle n'était pas à lui. Non seulement elle était la personne qui travaillerait avec lui sur son œuvre – et était donc hors d'atteinte –, mais elle devait également avoir au moins quinze ans de moins que lui. Ce serait comme s'il la prenait au berceau. Il ne pouvait supporter qu'un nombre limité de plaisanteries de « vieux cochon ». Bien sûr, il n'avait que quarante ans, mais bon sang, c'était bien trop vieux pour avoir de telles pensées sur la fille qui travaillait pour Austin.

Lorsqu'il était allé à la boutique, il s'était mordu la langue pour ne pas poser à son ami d'importantes questions.

Quel âge avait-elle ?

Était-elle célibataire ?

Savait-il si elle aimait être attachée ?

Et la question à laquelle elle était la seule à pouvoir répondre : se mettrait-elle à genoux et attendrait-elle ses ordres ?

Enfin, pour la dernière question, il avait le sentiment que c'était un vrai *oui*. Elle avait cet éclat dans le regard qui avait trahi son côté provocateur, lorsqu'il avait parlé d'elle comme si elle n'était pas dans la pièce, mais elle était également soumise. Quelque chose chez elle lui donnait envie de l'attraper par la nuque et de la regarder se détendre, de voir ses épaules retomber quand elle jouirait volontiers.

Elle était petite et serait parfaite contre son flanc. Ses cheveux étaient rouges avec des mèches noires, ou peut-être que c'était l'inverse. Dans tous les cas, cela ressemblait à une coiffure qu'une jeune punk arborerait, mais cela lui allait parfaitement. Elle les avait lissés et ils retombaient autour de son visage, puis sur ses épaules. Il pouvait facilement les imaginer effleurer son torse quand elle se pencherait au-dessus de lui, prenant son sexe profondément en elle.

Sa poitrine pouvait aisément tenir dans ses mains. Elle semblait serrée et ferme, haute, et suffisamment gonflée. Ses tétons étaient appuyés contre son soutien-gorge, assez pour qu'il puisse voir le contour de ces petites protubérances idéales à sucer. Il voulait les suçoter, mettre des pinces dessus, et les lécher autour jusqu'à ce qu'elle jouisse violemment sur sa main. Il pouvait la pénétrer profondément avec trois ou quatre doigts et trouver son point G, pour qu'elle remplisse sa paume avec son orgasme. Il voulait qu'elle soit à genoux devant lui, pour le prendre dans sa bouche.

Il voulait la chérir.

Son membre palpita et il savait que s'il ne faisait pas quelque chose rapidement, il allait jouir comme un adolescent, plutôt que comme le dominateur de quarante ans qu'il était. Morgan grogna de frustration et s'agrippa au bord du bureau pour ne pas avoir un orgasme sur le champ, pensant juste à Callie et à son corps sacrément sexy.

Il inspira lentement et profondément, puis souffla doucement, essayant de repousser les images de Callie et de ses qualités de soumises loin de son esprit. Ce n'était pas comme s'il pouvait se produire quelque chose. Non seulement il savait qu'elle n'était pas la bonne personne pour lui, mais il s'assurerait qu'elle ne soit jamais à lui. Il s'était comporté comme un véritable crétin la veille, et il le savait. Tout avait été une question d'instinct de conversation. S'il n'avait pas essayé de la repousser en agissant comme si elle n'était rien d'autre qu'une simple présence dans sa vie, il aurait fait quelque chose de stupide comme la jeter par-dessus son épaule et la ramener chez lui.

Callie Master le transformait officiellement en putain d'homme des cavernes. Tout ce dont il avait besoin, c'était d'un fouet dans une main pendant qu'il la traînait après lui avoir saisi une poignée de cheveux.

Non. Il devait arrêter de songer à empoigner quoi que ce soit.

Il n'avait jamais réagi si rapidement, ou avec tellement d'intensité pour quelqu'un d'autre auparavant. Il avait été presque incapable de se contrôler. En tant qu'homme qui faisait passer le contrôle de lui-même au-dessus du reste, cela lui faisait extrêmement peur. Morgan devait instaurer des frontières immédiatement afin de les protéger tous les deux.

Bon, puisqu'Austin l'avait mis dans cette position, il allait devoir faire face à la torture des mains de Callie sur son corps, plusieurs heures par jour, jusqu'à ce que son tatouage soit complet.

Et ils n'avaient même pas encore commencer le processus outre l'esquisse de son dos.

Il ignorait toujours pourquoi Austin avait fait cela, à moins qu'il pense vraiment que Callie était la personne parfaite pour lui faire ce tatouage. Il avait appelé son ami plus tard dans la soirée, et avait essayé de trouver une façon polie de se sortir de là, mais sans succès. Austin croyait en son ancienne apprentie et serait là pendant toute la réalisation du tatouage, ainsi que le reste de l'équipe, si jamais Callie avait besoin de quoi que ce soit. Austin avait le don pour associer le bon artiste à chaque client, Morgan le savait, donc il ne pouvait pas reculer. Il allait devoir croire son ami.

Si Morgan avait été un homme plus cynique, il aurait pensé que son ami voulait arranger un coup entre Callie et lui. Néanmoins, ce n'était pas ainsi que fonctionnait Austin, alors Morgan savait que tout cela était dans sa tête. Il allait gérer la présence de Callie et se ferait le tatouage qu'il désirait. Cela ne signifiait pas pour autant que ce serait facile. Et ça ne l'avait clairement pas été quand il s'était assis près de Callie, respirant son odeur sucrée et sentant la chaleur de son corps quand elle traçait son dos avec de petites mains assurées et stables.

Il avait rapidement eu besoin de quitter la boutique pour respirer, sinon il serait resté et aurait laissé la jeune femme le déshabiller. Il l'aurait laissée glisser ses mains sur son dos pendant qu'elle apprenait chaque contour, chaque creux, chaque courbe et relief de muscle. Le tatouage qu'il voulait exigerait plus d'une séance. En fait, il était certain que cela demanderait au moins trois ou quatre séances puisqu'il le voulait en couleur. De nombreuses couleurs.

Il voulait un phénix qui posait la tête sur son épaule, pendant que le corps et la queue pleins de plumes draperaient son dos et ses hanches. Il souhaitait que les ailes soient déployées sur ses flancs, redescendant sur ses bras. Ainsi, les bras étaient presque entièrement recouverts, mais pouvaient être dissimulés sous un costume.

Il avait passé l'âge de devoir prouver ses qualités dans les affaires. Il s'était retenu de faire de quelconques tatouages qui pouvaient être jugés indignes de son nom de famille. Il n'avait donc fait que le contour d'une étoile sur le bas de sa hanche. C'était l'expérience d'un jeune homme de dix-huit ans avec un désir qu'il s'était forcé à réprimer depuis. Il avait toujours adoré les tatouages. Il adorait leur allure sur les hommes comme sur les femmes, comme ils donnaient l'impression que la peau de la personne ressemblait à une peinture sur toile de soie. Les personnes tatouées n'étaient pas les dégénérés que la société voulait bien faire croire. Il avait été jaloux du talent d'Austin et de sa façon de montrer son art et son esprit vivant sur son corps. Le tatouage était le gagne-pain d'Austin, sa vie. C'était donc logique que cet homme puisse arborer toute l'encre qu'il voulait sur son corps, et où il le voulait.

Morgan n'avait pas été si chanceux. Il avait été obligé de cacher ce qu'il voulait et de vivre une vie dirigée par les autres – de plus de façon qu'on ne pourra l'imaginer – puisqu'il ne pouvait prendre le risque d'offenser le conseil d'administration, sa famille et ceux qui le surveillaient à cause de son père et du père de son père.

Morgan McAllister était le dernier héritier mâle de la lignée de sang royal et d'une vieille fortune des McAllister. Et le poids de cet héritage, ainsi que les responsabilités et les attentes qui lui incombaient pesaient lourdement sur ses épaules. Il ne pouvait rien faire qui puisse risquer de désenchanter sa mère et sa sœur. S'il n'agissait que comme il le voulait vraiment dans sa vie personnelle, il finirait par les blesser. Et même si les femmes de sa vie l'énervaient et l'agaçaient de façon indescriptible, il ne perturberait pas leurs vies. Il les aimait, même si la plupart du temps, il ne les appréciait pas.

S'il se faisait tatouer, sa mère allait probablement faire une crise de nerfs, mais il savait qu'il était temps de reprendre le contrôle de sa vie. Il savait depuis longtemps qu'il était une déception pour elles. Il ne pourrait jamais se conformer à leurs souhaits et faire exactement ce qu'elles attendaient de lui.

Il s'était assuré que les activités... inhabituelles qu'il appréciait étaient gardées derrière des portes fermées. Personne n'avait jamais entendu plus qu'un chuchotement de nom dans un club ou un magasin de cuir. Personne ne savait que non seulement il avait été avec des femmes, mais également des hommes, même s'il avait toujours eu une préférence pour ces premières quand il s'agissait de relation en dehors de la scène publique. Personne ne savait qu'il était dominateur dans la chambre à coucher, tout comme il l'était dans la salle du conseil d'administration.

Il avait attendu que sa carrière ne soit plus dans l'ombre de son père décédé pour devenir qui il était en réalité. Sa personnalité dominante l'avait aidé à faire progresser rapidement sa carrière, donc à trente ans, il n'était plus question de savoir comme son père l'avait fait, mais comment Morgan voulait que ce soit. Lorsqu'il avait eu quarante ans, il avait décidé qu'il était temps de prendre en main sa vie personnelle. Et il ferait de son mieux pour s'assurer que sa vie n'ait pas d'impact négatif sur sa mère et ses sœurs.

Alors il se ferait encrer un tatouage qu'il pourrait facilement couvrir avec des vêtements. Et il apprécierait la douleur, puisqu'il était habituellement celui qui dispensait une extase si douce.

Cette pensée lui refit imaginer Callie à genoux, et lui rappela l'éclat dans son regard. Hmm. Peut-être qu'elle n'était pas si innocente. Il avait senti la soumise en elle, donc peut-être que cette partie d'elle n'était pas si réprimée et cachée. Peut-être qu'il n'aurait pas besoin de trop la tenter et qu'elle viendrait volontiers dans ses bras et dans son lit. Imaginer Callie attachée et aveuglée par un bandeau lui donna chaud à la base de son sexe.

Non.

Bon sang. Il devait arrêter de penser de cette façon.

Nom de Dieu, il ne savait pas ce qui clochait chez lui. D'habitude, il ne lui fallait pas tant d'efforts pour oublier une femme. Oui, il passait pour un crétin en disant ça, mais aucune des femmes avec qui il avait été n'avait vu plus loin que ce qu'il pouvait faire pour elles. Que ce soit à cause de son compte en banque, des femmes avec qui sa mère voulait qu'il soit, ou du côté dominateur qu'il démontrait avec les femmes dans sa vie nocturne, aucune des personnes avec qui il avait été n'eut le droit de voir le véritable Morgan.

Il l'avait fait exprès, mais il avait désormais atteint le point où il ne s'était jamais senti aussi seul. Peut-être qu'il était temps de trouver quelqu'un qui tenait à *lui*. Quelqu'un avec qui il pouvait vieillir. À quarante ans, l'idée d'élever des bébés et de courir après des enfants dans le jardin n'était peut-être pas aussi facile à accepter que lorsqu'il était plus jeune, mais il pourrait être heureux.

N'est-ce pas ?

Le visage de Callie lui revint en tête et il jura. Elle n'était pas faite pour lui. Le problème n'était pas qu'elle serait incapable de s'intégrer dans ses cercles de fréquentation. Il se foutait totalement que la personne dont il tombait amoureux n'ait pas une armoire remplie de robes de cocktail et de tenues de bal. Il se moquait que cette personne n'aille pas aux galas et ne sache pas se comporter dans la haute société. Il ne voulait pas d'une femme parfaite en société. Sa mère passait peut-être la plupart de ses journées à pousser cette femme exacte vers son fils, mais cela ne signifiait pas qu'il l'accepterait.

Callie n'était pas faite pour lui à cause de son âge. Non seulement elle était trop jeune pour lui, mais elle n'avait probablement pas vécu autant de choses que lui pendant ses quelques années. Il ne voulait pas ternir une innocente avec les besoins sombres qui l'habitaient.

Il continuerait de la garder à un bras de distance et de la chasser de ses pensées.

Bien sûr. Comme si ça allait fonctionner pour lui. Mais il allait continuer d'essayer.

— Morgan ? Tu as le temps de discuter rapidement ? demanda Sam, son ami et collègue, en entrant dans son bureau.

Morgan acquiesça et relâcha la prise qu'il avait sur le bureau. Penser à Callie le déconcentrait au travail et il y mettrait rapidement fin.

— Que puis-je faire pour toi, Sam ?

Il avait toujours aimé Sam. Morgan n'était pas proche de beaucoup de personnes, y compris Sam et Austin, mais il se sentait à l'aise avec celui-ci. Sam ne connaissait pas la vie personnelle de Morgan, au-delà des paillettes et des responsabilités familiales qu'il laissait paraître au monde, mais ce n'était rien. Seuls Austin, son ami Decker et quelques autres savaient ce que Morgan faisait vraiment en secret. Et c'était parce que, eux aussi, ils avaient leurs propres secrets.

— Vas-tu au gala, ce week-end ? s'enquit Sam.

Il s'assit devant Morgan.

Les deux chaises devant le bureau étaient légèrement plus basses que celles de Morgan et il retint un sourire. Qualifiez-le de mesquin si vous le voulez, mais

Morgan aimait cette façon subtile d'avoir l'avantage. Ceux qui s'asseyaient dans ces chaises étaient toujours plus bas que Morgan, lui donnant une légère influence psychologique. Il n'en avait peut-être pas réellement besoin, mais cela ne faisait aucun mal de montrer aux autres qu'ils ne seraient jamais à égalité.

Il était vraiment doué dans son travail et s'assurerait que tout le monde le sache.

Les mots de Sam lui parvinrent et il fronça les sourcils.

— Le gala ?

Il examina mentalement son planning et sut qu'il n'avait pas de rendez-vous. Non, il avait sa troisième consultation avec Callie et ses mains douces, en fait.

Il retint un grognement. Il valait mieux ne pas penser à ces mains sur son corps quand il était au travail. Ou à la maison. Ou jamais.

Merde. Il n'était pas sûr de ce qu'il ferait, ce soir, étant donné qu'il avait sa *deuxième* consultation avec elle pour qu'elle puisse lui montrer ses croquis et ait un aperçu de ce que cela donnait sur son dos. Il voulait en fait commencer le tatouage le soir du gala. Son sexe se raidit quand il pensa à elle. Merde. Il n'allait pas tenir longtemps à ce train-là.

Sam leva les yeux au ciel.

— Je m'étais dit que tu y échapperais. C'est le gala annuel d'art de la Fondation Clemhouse. Cette fois-ci, je crois que les fonds iront aux programmes d'art pour les quartiers défavorisés, ou quelque chose comme ça. Tu es venu l'année dernière. Je le sais parce que j'y étais aussi.

Morgan acquiesça. Il se souvenait de l'année précédente. Il détestait les événements de ce genre. Les riches s'habillaient de soie et de diamants pour défiler devant tout le monde, se montrant les uns les autres tout en faisant semblant d'aider les plus pauvres. Il préférait vraiment donner directement à la cause et même se remonter les manches pour aider, même si sa mère avait l'impression que travailler avec les mains n'était pas digne de leur classe sociale. Il avait aidé à bâtir des maisons, il avait nettoyé des parcs, et faisait d'autres travaux manuels.

Aller à un gala pour que les gens puissent le regarder fixement et se demander quand il aurait enfin une femme et un héritier pour sa grande fortune n'était pas en haut de la liste des choses à faire.

— Non, je n'y vais pas cette année.

Il avait déjà donné directement à la fondation. Ainsi, il savait où partait son argent sans avoir à supporter ces gens.

— J'ai un rendez-vous, de toute façon.

— Un rendez-vous ? demanda Sam avant de hausser les sourcils. Quel genre de rendez-vous peux-tu avoir un vendredi soir ? Tu as un rendez-vous torride ?

Oui, mais pas exactement comme je le voudrais.

Morgan lança un regard impassible à Sam.

— Pas un rendez-vous. Mais je ne vais pas au gala.

Il aurait pu décaler son rendez-vous avec Callie, puisqu'il était provisoire, de toute façon. Ils l'avaient noté sur le calendrier juste au cas où ils seraient prêts à commencer après le rendez-vous de ce soir. S'il avait vraiment eu besoin d'aller au gala, il l'aurait fait, seulement il n'en avait pas envie.

Il voulait Callie.

— J'aurais aimé que tu sois là, marmonna Sam. Je déteste aller à ces trucs sans toi. Sally devient un peu folle avec tous les préparatifs et je dois faire comme si ça m'intéressait.

Sally était la femme de Sam, tout en plastique et en perfection. Comme la plupart des gens dans le royaume de Morgan, ils avaient été élevés dans le bon cercle social et s'étaient mariés jeunes. Morgan se disait qu'un jour, Sam avait aimé Sally, mais ce n'était plus le cas.

Les yeux baladeurs de Sam lui avaient attiré des ennuis avec les femmes mariées et Morgan avait alors mis de la distance entre lui et son ami. Sally se moquait des relations extra-conjugales, parce qu'elle avait elle-même une flopée de jeunes gens entre ses draps... et entre ses jambes. Ils étaient le couple riche typique. Ils s'étaient mariés puisque c'était ce qu'on attendait d'eux, ils avaient eu des enfants pour faire prospérer la dynastie et ils avaient envoyé leur progéniture dans des pensionnats pour qu'ils y soient élevés et suivent donc la tradition pour produire eux-mêmes des héritiers. Sam et Sally ne s'aimaient pas plus que grâce à quelques souvenirs de leur jeunesse et ils passaient la plupart du temps à éviter le chemin de l'autre.

Sally avait même approché Morgan une fois ou deux, sa façon de flirter si évidente qu'elle lui donnait la nausée. Il n'avait jamais raconté à Sam la fois où Sally lui avait attrapé l'entrejambe au travers du pantalon et avait ronronné à son oreille qu'elle désirait que son amant lui fasse sentir qu'elle était une vilaine fille.

Morgan ferma les yeux, ravalant la bile. Peut-être qu'il était temps de se faire de nouveaux amis.

— Tu as tellement de chance de ne pas être marié, lui dit Sam.

Il le tira alors de sa rêverie. Eh bien, si être marié signifiait traiter la personne comme un membre de la famille indésirable, puis la tromper chaque fois que l'occasion se présentait, alors non, Morgan ne voulait *pas* se marier.

— Chacun ses goûts, répondit Morgan.

Il soupira et passa une main sur son visage.

— Tu voulais autre chose, en plus de savoir si je venais au gala ?

— Non, répondit Sam. C'était plus ou moins ça. Sally et moi serons là, bien sûr, alors si tu changes d'avis, tu verras des têtes connues.

Morgan acquiesça. Même s'il n'était pas d'accord avec la façon de vivre de Sam, Sally et lui ne se faisaient jamais de mal en agissant ainsi. Ils s'étaient lancés dans leur relation en sachant ce que l'avenir leur réservait. Du moins, c'était ce que Sam lui avait dit, un soir où il était ivre à cause d'une bouteille de cognac. Morgan ne pouvait juger ce qu'il ne comprenait pas, mais cela ne signifiait pas qu'il devait le vivre avec eux.

— Merci de me l'avoir dit. Je ne prévois pas d'y aller, mais s'il se passe quoi que ce soit, alors je vous verrai là-bas.

Sam acquiesça et ils parlèrent boulot pendant quelques minutes avant qu'il laisse Morgan s'occuper de ses propres affaires. Ce dernier devait encore faire quelques petites choses au bureau avant d'aller à *Montgomery Ink* pour voir Callie.

Bon sang. Peut-être qu'il devrait reformuler ça en « aller à sa consultation ». C'était moins facile pour lui de s'imaginer la prenant sur la banquette, formulé ainsi.

En quelque sorte.

— Morgan. Te voilà.

Il ferma les yeux et se figea. Peut-être que s'il ne bougeait pas, elle ne le verrait pas. Il se souvint de la seule fois où sa mère avait réussi à le traîner à l'avant-première d'un film, *Le Diable s'habille en Prada*. Il avait trouvé que c'était plus qu'une coïncidence si le personnage de Miranda Priestly était exactement comme sa mère.

— Mais pourquoi es-tu en train de glousser avec les yeux fermés ? Tu es au travail, pour l'amour de Dieu. Agis comme ton père et pas comme un sauvage.

Il soupira, puis leva les yeux.

— Bonjour, mère. À quoi dois-je cette visite ?

Elle plissa les yeux, ses sourcils parfaitement sculptés ne bougeant pas d'un poil grâce à la soirée Botox de la semaine dernière. Une soirée Botox, nom de Dieu. À quoi sa mère penserait-elle ensuite dans sa bataille infinie contre les effets de l'âge ?

— J'aurais bien appelé, mais ton secrétaire ne transmet jamais mes appels. Je suis ta mère, il devrait me montrer du respect.

Morgan s'enfonça dans sa chaise, entrelaçant ses doigts sur son torse.

— Timothy est mon assistant administratif, pas mon secrétaire. Et quand tu appelles, tu lui hurles de passer le téléphone à ton fils, peu importe si je suis en réunion. Je rappelle quand je le peux, mère, mais c'est une entreprise, comme tu ne cesses jamais de me le rappeler.

— C'est l'entreprise de *ton père*, cracha-t-elle.

Il ignora la douleur dans ses tempes, tout comme il ignora celle dans son cœur quand elle prononça ces mots. Il ne serait jamais assez bien pour elle, il ne serait jamais son père, mais il avait arrêté d'essayer depuis longtemps.

— C'est la mienne, maintenant, mère. Ça ne te ferait pas de mal de t'en souvenir. Maintenant, dis-moi pourquoi tu es là, ajouta-t-elle avant qu'elle puisse le critiquer à nouveau.

— Je suis là pour te parler de Heather, ton rendez-vous.

Ah, une autre femme qui convenait à Morgan selon les standards des McAllister, et triée sur le volet par sa mère.

Une autre femme avec qui Morgan ne voulait rien avoir à faire.

Le visage de Callie apparut brièvement dans son esprit encore une fois, et il s'obligea à la repousser. Il était plus fort que ça, bon sang. Il ne penserait plus à elle.

— Non.

Sa mère balaya sa réflexion d'un geste de la main.

— Oh, arrête d'être si difficile. Heather est une gentille fille. C'est une McKinley, la plus jeune, en fait.

Les autres étaient déjà casées, mais elle est maintenant prête pour la société et les pressions associées au fait d'être une femme de la haute. Elle a été entraînée pour ses devoirs et ton regard baladeur ne la dérangera pas si vous en arrivez là. Elle n'est pas là pour l'amour, mais pour ton nom. Si tu veux avoir quelques maîtresses, alors garde-le pour toi. Ton père l'a toujours fait. Tu ne rajeunis pas et j'ai besoin de petits-enfants.

Morgan grinça des dents. Tellement de choses n'allaient pas dans ce que sa mère venait tout juste de dire qu'il ne savait même pas par où commencer. Ce n'était pas la première femme qu'elle vantait. Non, Heather était la dernière d'une lignée infinie de femmes parfaitement sculptées avec des familles encore plus parfaites. Il ne voulait pas faire partie de cette vie-là. Ses sœurs la vivaient. Sa mère l'avait vécu. Il ne ferait pas de mal à la femme qu'il épouserait. Il ne serait pas le même homme que son père. Bien que sa mère n'ait jamais paru blessée par les affaires extra-conjugales de son père, Morgan savait que c'était le contraire.

— Tu as des petits-enfants, mère.

Voilà. Il avait commencé avec la partie la plus simple.

— Tes sœurs ont des enfants et je joue la mamie gâteau.

Jouer la mamie gâteau ? Oui et elle méritait un Oscar pour sa performance.

— Tu as besoin d'un héritier, Morgan. L'héritage de notre famille ne peut pas se terminer avec toi et il ne se terminera pas.

Ils avaient déjà eu cette dispute de nombreuses fois auparavant.

— Les enfants de mes sœurs auront une belle vie, peu importe que j'aie des enfants ou non. Nous ne sommes plus dans le système ducal anglais. Arrête de me mettre la pression.

Sa mère fronça les sourcils.

— Tu ne seras jamais assez bien pour lui.

Il acquiesça.

— C'est vrai, parce que je ne l'ai jamais voulu.

Elle soupira et ferma les yeux.

— Contente-toi d'aller au gala, Morgan. Emmènes-y Heather. Il faut le faire pour la famille. Je ne demande pas grand-chose de ta part.

— Tu me demandes tout, la contra-t-il.

Puis la culpabilité qui allait de pair avec sa famille commença à s'insinuer en lui.

— Qu'y a-t-il de si important dans le fait d'y aller vendredi avec Heather ?

Le regard de sa mère étincela de triomphe.

Merde.

— Elle fait partie d'une famille avec qui nous sommes amis. Ce serait bien de faire taire les rumeurs sur ton manque de femme en te faisant voir à ses côtés, au moins. Tu n'as pas à t'inquiéter de l'épouser, mais passer une soirée où vous serez vus ensemble devrait fonctionner.

Il avait entendu les rumeurs, mais elles étaient tellement loin de la vérité qu'il s'en moquait. Les gens pensaient qu'il était impuissant ou qu'il se foutait simplement du mariage. Il n'y avait pas de rumeurs sur ce qu'il aimait chez ses soumis ni sur ce qu'il cherchait chez une femme ou un homme, d'ailleurs.

Callie lui revint à nouveau en tête et il soupira. S'il pensait une fois de plus à elle, il donnerait son accord pour y aller avec Heather. Il devait effacer les images de cette femme qu'il n'aurait jamais de son esprit. Sortir avec une femme qu'il voulait ne lui serait d'aucune aide.

Il devait simplement arrêter de penser à Callie, et il n'aurait pas besoin de supporter l'une d'entre elles.

C'était faisable.

Peut-être.

CHAPITRE TROIS

CALLIE ALLAIT JOUIR. Ou du moins, elle espérait puisque cette sensation douloureuse ne la quittait pas. Elle cambra le dos, appuyant sa tête contre l'oreiller pour avoir un meilleur angle. Elle était dans un état post-sieste, à la fois chaud et joyeux, et elle ne voulait pas se réveiller entièrement, pas quand elle avait des images d'un Morgan McAllister sexy dans son esprit.

Elle s'imaginait avec les mains sur ses hanches, glissant lentement le long de ses flancs avant de remonter. Ses mains étaient probablement immenses, chaudes et rêches, ni lisses ni soyeuses. Morgan baisserait la tête, embrassant sa poitrine, dans la vallée qui séparait ses seins, la taquinant.

Elle aimait être taquinée, non pas qu'elle le dirait à Morgan. Il allait devoir le découvrir tout seul. Morgan lécherait son corps, s'acharnant sur son nombril avant de s'attaquer à la rondeur douce de son ventre. Elle n'avait jamais été trop mince et avait les courbes d'une femme qui aimait son corps. Le Morgan de ses rêves la chérirait, lui dirait qu'il aimait chaque centimètre de son corps. Son rêve aspira le renflement de son clitoris. Elle appuya la paume de sa main sur son bourgeon, essayant d'imiter la pression qu'il lui offrirait. Il avait une bouche sexy et elle avait le sentiment qu'il saurait exactement quoi faire avec quand il se baisserait le long de son corps. Il lui montrerait à quel point il était talentueux à chaque coup de langue, chaque fois qu'il la mordillerait et la suçoterait.

Elle glissa deux doigts vers son entrée, avant de les insérer lentement, son corps glissant et prêt. Elle était déjà au bord de la jouissance juste en rêvant de lui et avec quelques contacts seulement, elle jouirait.

À la fois vide et pleine de désir, elle jouirait.

Elle se prit avec ses doigts, tout en frottant la paume de sa main sur son clitoris. Pendant ce temps-là, elle imaginait que c'était Morgan qui la touchait, et non elle-même. Elle aurait pu utiliser l'un de ses vibromasseurs, mais elle ne voulait sentir que de la peau, alors même qu'elle s'imaginait avec Morgan cet après-midi-là.

Jurant quand elle put toucher ce point précis en elle, elle augmenta le rythme, rêvant que Morgan la prenait violemment avec ses doigts. Elle pouvait imaginer le frottement rêche de sa barbe de trois jours à l'intérieur de ses cuisses et sur son sexe tout juste épilé. Cette pensée lui envoya un frisson délicieux dans le dos lorsqu'elle eut un orgasme. Ses pieds s'écrasèrent sur le lit, ses orteils se repliant sous les draps. Elle haleta le nom de Morgan tandis que ses parois se resserraient autour de ses doigts. Son orgasme la traversa rapidement avant de s'évanouir lentement, la laissant rougie, avec un voile de sueur sur la peau.

Elle s'allongea de manière plus décontractée sur le lit, une main toujours dans sa culotte et l'autre relevant son tee-shirt sur sa poitrine. Sa respiration redevint enfin normale et elle se détendit sur le lit.

Eh bien, c'était une sacrée façon de se réveiller de sa sieste en plein après-midi.

Cela aurait probablement été mieux si Morgan avait vraiment été là, et qu'il n'y avait pas seulement eu sa propre main, mais ça n'arriverait jamais. Elle éloigna lentement ses mains de son corps et soupira lorsqu'elle se retourna vers le réveil. Merde. Elle devait se réveiller complètement et prendre une douche si elle voulait arriver à l'heure à la boutique.

En soupirant, elle roula hors du lit, titubant vers la salle de bain pour enlever l'odeur d'orgasme de son corps. En aucun cas, elle ne pourrait retourner à la boutique – et encore moins travailler avec Morgan –

alors qu'elle sentait sa propre excitation. Ce n'était pas la meilleure façon de rester professionnelle. Mais que diable disait-elle ? Elle venait de prendre son pied en pensant à cet homme. Impossible qu'elle puisse le regarder dans les yeux et ne pas se souvenir de son rêve. Ne pas se souvenir de la façon dont ses lèvres avaient suçoté son clitoris et son sexe.

Il avait une belle bouche, pensa-t-elle à nouveau.

Dommage que cette bouche ne finisse jamais sur elle.

C'était lui qui perdait quelque chose.

Elle fit couler l'eau, espérant qu'elle soit au moins tiède aujourd'hui. Le vieux chauffe-eau du bâtiment était en train de rendre l'âme alors elle ne savait jamais ce qu'elle aurait. Puisque c'était l'après-midi et pas le début de matinée quand tout le monde se préparait à aller au travail, elle avait plus de chance de prendre une douche qui ne ferait pas encore plus pointer ses tétons.

Elle se déshabilla avant d'entrer dans la douche, souriant quand l'eau chaude toucha sa peau. Coup de chance. Elle n'allait pas mourir congelée avant d'aller au travail. Elle se savonna, lavant rapidement ses cheveux et se rinçant avant de se débarrasser de l'odeur de son rêve. Ce n'était pas inhabituel pour elle de faire la sieste l'après-midi, puisqu'elle était du genre à se dire que si elle était fatiguée et avait le temps, dormir était toujours une option, mais aujourd'hui avait été plus épuisant qu'autre chose.

Au lieu de dormir la nuit précédente, elle avait travaillé sur le croquis de Morgan. Non seulement cela allait être un grand travail, le plus grand auquel elle n'avait jamais participé, mais c'était la première fois qu'elle participait à une œuvre si conséquente. Les petits tatouages qu'elle avait faits à la boutique, sur son nouveau poste, comptaient vraiment pour son avenir d'artiste accomplie, mais ils avaient été faciles. Morgan était différent.

Et c'était le problème, de bien des façons.

Non seulement voulait-elle s'assurer que tout soit bon pour elle, mais elle avait la pression d'Austin et de Morgan également. D'ailleurs, le reste de la boutique la regarderait pendant tout le processus. Elle ne leur en voulait pas, puisque leur soutien la calmait habituelle-ment, mais à ce moment-là, c'était éprouvant pour les nerfs. Elle voulait que ce soit parfait. Bien sûr, Morgan s'était comporté en crétin envers elle, même si le corps et les rêves de la jeune femme semblaient s'en moquer, mais cela ne rendait pas son envie de perfection moins sincère. Le besoin de prouver sa valeur devant lui et les autres – y compris elle-même – la motivait.

Elle voulait qu'il soit fier du travail qu'elle avait fait et qu'il sache qu'elle s'en préoccupait, qu'elle avait mis tout son cœur dedans. C'était une chimère. Mais cela ne le rendait pas moins vrai dans son esprit. Elle serait incapable de s'empêcher de vouloir lui faire plaisir. Il y avait juste quelque chose dans ce qu'il lui faisait ressentir, alors même qu'il l'agaçait.

Elle ne le connaissait même pas et pourtant quelque chose en elle s'était enclenché quand elle l'avait vu. Ce n'était pas un coup de foudre ni quoi que ce soit dans ce genre. Mon Dieu, non. C'était peut-être le désir au premier regard, ou plutôt un *besoin* au premier regard.

Un besoin de lui faire plaisir, de le servir et de se trouver dans ce désir.

En vérité, cela la troublait, alors elle essaya de repousser ces idées pour se concentrer sur ses croquis. Puisqu'elle n'avait fait que le contour de son corps, elle avait fait des dessins préliminaires qui devraient être modifiés une fois les courbes et les creux de ces muscles pris en compte.

D'une façon professionnelle, bien sûr.

Ce n'était pas comme si elle allait sentir son corps juste pour prendre son pied.

Elle ricana. Elle avait déjà ses rêves pour ça, apparemment.

Puisqu'elle était restée debout toute la nuit pour travailler sur quatre croquis, elle était une épave ce matin. Heureusement, elle était seulement à la boutique pour faire de l'administratif au lieu de tatouer. *Montgomery Ink* n'avait pas de réceptionniste pour le moment, ils partaient toujours assez rapidement, alors il leur incombait à tous de faire du travail administratif de temps en temps. Tout le monde détestait ça, mais si cela aidait sa famille, alors elle était ravie de le faire.

Elle était épuisée et, heureusement, Austin l'avait laissé rentrer chez elle pour une sieste de quatre heures. Eh bien, peut-être qu'il ne l'avait pas *exactement* laissé partir. Il l'avait plutôt mis dans son pick-up, conduit jusqu'à chez elle, déposée sur le pas de sa porte et lui avait dit de dormir. Son ami, Decker, les avait suivis dans sa voiture pour qu'elle puisse repartir toute seule à la boutique ce soir et retrouver Morgan. Elle sourit en pensant à ce grand dur à cuire qu'était Austin qui s'inquiétait pour elle comme si elle était l'une de ses sœurs. Puisqu'il était l'aîné de huit enfants, dont trois filles, il était habitué à dire aux autres quoi faire. Si ses frères et sœurs pouvaient s'en agacer, elle, elle appréciait. Elle n'avait jamais eu de grand frère pour prendre soin d'elle, et désormais, elle avait Austin, Sloane et les autres.

Ce n'était pas trop mal.

En jetant un nouveau coup d'œil à l'horloge, elle soupira. Elle avait encore le temps avant que Morgan sorte du travail et vienne à la boutique, alors elle pouvait soit attendre à la maison et essayer de ne pas penser à lui, ou aller au travail et faire la même chose. Bien que ce soit plus prudent de rester chez elle avec ses pensées pour que les autres ne lui fassent pas de réflexion elle se dit qu'aller à la boutique et boire un café en voyant ce que sa famille faisait serait une meilleure façon de passer son temps.

Elle attrapa son carnet de croquis ainsi que son sac, puis alla vers sa voiture. Elle habitait près du centre-ville de Denver, où se trouvait la boutique. Certains jours, elle prenait le bus, mais puisqu'elle travaillait tard, Austin ne voulait pas qu'elle prenne le bus le soir. Ce n'était pas un problème de sécurité en soi, c'était simplement mieux d'être prudent.

Quand elle arriva à la boutique et se gara sur le parking, elle s'arrêta chez *Taboo* plutôt que de partir directement au travail. Non seulement elle aurait besoin de caféine, puisque quatre heures de sommeil n'étaient pas suffisantes, mais elle voulait aussi voir Hailey. Elle n'avait pas parlé à son amie de sa fascination pour Morgan, et elle n'était pas sûre qu'elle le ferait. Ça ne plairait pas à Austin de découvrir qu'elle avait un faible pour l'homme qu'elle tatouait, un homme qui la méprisait. Bon sang, pourquoi trouvait-elle que Morgan méritait ses rêves et ses orgasmes ? Ce n'était pas parce qu'il était très sexy et qu'il lui donnait envie de s'agenouiller pour lui qu'il était bon pour elle. C'était probablement le contraire.

— Callie, chérie, on dirait que tu as besoin de café.

Callie leva les yeux au ciel à cause des paroles d'Hailey, puis s'affala à côté de Miranda, la sœur cadette d'Austin, au bar.

— Un café me semble merveilleux, mais si on a l'impression que j'en ai besoin, peut-être que j'aurais dû passer plus de temps à appliquer mon anticerne.

Miranda saisit le menton de Callie d'une main et étudia son visage avant de la relâcher.

— Tu es belle, comme toujours. Tes yeux sont fatigués, mais seulement parce qu'on te connaît, pas parce que tu as des cernes noirs. J'aimerais pouvoir faire des choses bizarres avec mes cheveux comme toi, mais je ne crois pas que ça passerait avec mon travail.

Étant donné que Miranda était enseignante à l'école primaire, elle avait raison. Miranda avait besoin de s'assurer que chaque tatouage que lui faisait son frère ou sa sœur se trouvait dans un endroit sûr qui n'offenserait pas les parents ni le conseil de l'école.

Callie prit quelques mèches brunes de Miranda entre ses doigts.

— Peut-être que tu peux faire les pointes violettes, ou des mèches pendant l'été, quelque chose comme ça.

Miranda ricana.

— Oh, non. Pas à moins que je quitte la ville pour le faire. Ils le sauraient.

La jeune femme baissa la tête, mais garda les yeux sur Callie, ce qui lui donnait un air perfide.

— Ils le savent *toujours*.

— Tu es tellement mignonne, la taquina Hailey en posant un café et une pâtisserie devant Callie. Mange ça, ensuite je te préparerai un vrai truc à manger. Le sucre va t'aider un petit moment.

Callie acquiesça, puis mangea une bouchée de pâte feuilletée.

— Miam.

— Miam, tu as raison. Elle est géniale.

Miranda croqua de sa propre pâtisserie.

— Oh et arrêtez de dire que je suis mignonne. Je n'ai que deux ans de moins que vous deux. Ce n'est pas comme si vous aviez l'âge d'Austin ou du reste des Montgomery.

Callie leva les yeux au ciel et but une gorgée de son latte. Hailey était une déesse.

— Deux ans, c'est deux ans et je prendrai tout ce que je peux avoir.

— Au point où on en est, à moins que l'un de mes frères épouse quelqu'un de plus jeune que moi, je crois que je suis foutue dans le domaine de l'âge, déclara Miranda avec un soupir feint.

— Tu aimes être le bébé, alors ferme-la, répliqua Callie sans véritable colère.

— Peut-être quand j'étais plus jeune, mais maintenant ? Maintenant, c'est difficile de... eh bien. Peu importe.

Miranda rougit et Callie haussa un sourcil en regardant Hailey.

— Regarde-moi ce rougissement, rétorqua Hailey en souriant. Dis-nous son nom.

Miranda écarquilla les yeux et secoua la tête.

— Non. Je ne vais pas cracher le morceau, peu importe avec combien de pâtisseries tu m'achètes.

Elle se rassit, puis sourit.

— Et si tu me racontais ta vie sentimentale, à la place. Je peux vivre l'amour par procuration, à travers vous deux.

Hailey se figea un moment, puis afficha un sourire éclatant.

— Tu sais que je ne révèle pas de secrets d'alcôve.

S'il y avait de quelconques rebondissements dans la vie de Hailey récemment, Callie en mangerait sa chaussure. D'après le regard de Miranda, celle-ci n'y croyait pas non plus.

— D'accord. Garde tes secrets.

Miranda se tourna vers Callie.

— Et toi ? Il y a quelque chose qu'on devrait savoir ?

Callie sentit ses joues se réchauffer et elle baissa le regard. Elle était venue ici pour parler de Morgan à Hailey, même si c'était juste passager, mais maintenant qu'elle en avait l'occasion, elle n'était pas certaine de le pouvoir. Elle n'avait rien à dire, de toute façon. Il était juste un client. Un client qui ne l'appréciait même pas.

Il n'y avait rien entre Morgan et elle.

Alors pourquoi ne pouvait-elle arrêter de rougir ?

Pourquoi ne pouvait-elle pas arrêter de rêver de lui en se touchant, pour sentir à quel point il la rendait mouillée ?

— Callie, chérie, il n'y a personne dans le café pour t'entendre, chuchota Hailey. Les clients qui sont en train de manger sont tout au fond et ne nous écoutent pas puisqu'ils sont plongés dans leur propre conversation. Tu peux nous parler, à Miranda et moi, tu sais. Ce n'est rien. On ne va pas juger.

Miranda se pencha davantage vers elles.

— Ce n'est pas Austin, n'est-ce pas ? s'enquit-elle doucement.

Callie crachota.

— Il est *fiancé*, Miranda.

La sœur d'Austin acquiesça.

— Je sais, c'est pour ça que je m'en assure.

— Non, ce n'est pas Austin. Ce n'est pas un Montgomery, même si ce serait cool de faire partie de ta famille pour de vrai.

Miranda soupira et se pencha en arrière.

— J'ai d'autres frères célibataires. En plus, Maya est célibataire aussi, si ça te branche.

Callie ricana.

— Euh, non, mais merci de vendre ta famille.

— C'est Sloane ? demanda Miranda.

Hailey laissa tomber sa tasse de café, les restes brisés s'éparpillant autour de ses pieds. Elle cligna des yeux en les regardant, le visage pâle.

— Mes mains glissent, marmonna-t-elle en se les séchant sur son tablier.

Callie se leva pour l'aider, mais Hailey lui fit un signe de la main pour l'en empêcher.

— Je gère, le balai est juste là.

Miranda croisa le regard de Callie et celle-ci secoua la tête. Ce n'était ni le moment ni l'endroit et, franchement, cela ne regardait pas Callie.

— Ce n'est pas Sloane, chuchota Callie.

Les épaules de Hailey se détendirent. Cette femme ne disait peut-être rien de son attirance pour son ami, mais son langage corporel trahissait tout.

— Alors c'est qui ? s'enquit Miranda d'une vive voix.

Elles essayaient de passer outre la réaction d'Hailey et avec un peu de chance, elles s'en sortaient mieux qu'elles ne l'imaginaient.

— C'est un client, répondit Callie.

Elle leur raconta ensuite le reste du rendez-vous avec Morgan, ainsi que ce qu'elle faisait pour lui. Elle laissa de côté les derniers détails, puisque ses amies n'avaient pas besoin de les connaître, de toute façon.

— Ça a l'air d'être un salaud, répondit Miranda en mélangeant sa boisson d'un air absent. Un salaud délicieux, mais un salaud quand même.

— Peut-être qu'il avait ses raisons pour agir de cette façon, dit Hailey en levant la main. Je ne cautionne pas ses paroles, et je ne dis pas non plus que c'était bien de te réduire à l'état de jolie fille, mais peut-être qu'il se passait autre chose.

Callie lui lança un sourire ironique.

— Peu importe. Cette chose l'a obligé à me repousser et à me mépriser. Bien. Tant pis. Je dois juste passer au-delà de cette attirance pour travailler.

Miranda acquiesça.

— Peut-être que tu devrais l'inviter en rendez-vous.

Callie s'étouffa avec la gorgée qu'elle venait de boire. Hailey tendit sa serviette et l'aida à se nettoyer.

— Euh, chérie, il ne veut pas de moi. Je n'ai pas besoin de sortir avec des clients.

Miranda leva les yeux au ciel.

— Oh, ferme-la. Tu ne sais pas ce qu'il veut, s'il agit si bizarrement. Tu peux sortir avec un client tant que ça n'interfère pas avec ton travail. Je sais que tu ne laisseras pas cela se produire. Je ne te dis pas de te le taper sur la banquette, mais si tu te débarrasses de ton attirance pour lui, de la gêne que tu ressens à l'idée de ne pas savoir quoi faire, alors tu peux aller de l'avant. Si tu as l'impression qu'il y a une ouverture quand tu es avec lui, demande-lui de sortir avec toi. Si tu ne ressens pas ça, si tu n'as pas cette étincelle, alors va de l'avant.

Elle croisa le regard de Callie.

— Ne laisse pas la peur te guider. Ne laisse pas le fait de ne pas savoir ce qu'il ressent t'éloigner de lui. Saisis ta chance si tu le veux. Ne le laisse pas s'en aller si tu ressens quelque chose.

Elle soupira avant de conclure :

— Crois-moi, rester spectatrice, ça craint, et je ne veux pas que tu sois cette personne.

— Moi non plus, murmura Hailey.

Callie soupira. Elle connaissait les problèmes d'Hailey et avait le sentiment qu'il se passait quelque chose avec Miranda, mais que celle-ci ne voulait pas le dire. Apparemment, elles étaient toutes les trois spectatrices, ne travaillant pas activement vers ce qu'elles voulaient. Le problème était que Callie n'était pas vraiment sûre de ce qu'elle voulait.

Elle secoua la tête et se leva, laissant de la monnaie pour Hailey sur le bar. L'autre femme essayait toujours de la forcer à ne pas payer, néanmoins Callie refusait. *Les bons comptes font les bons amis.*

— Je ne sais pas ce que je vais faire, autre qu'un tatouage qui déchire. Peu importe ce qu'il se passe, je vais gérer. Je suis sûre que tout ça, c'est dans ma tête, de toute façon.

— Sois toi-même et vois ce qu'il se passe, déclara Miranda en souriant.

Callie sourit en retour, ayant l'impression qu'elle allait pouvoir assurer une séance sans péter un câble. Ses amies l'avaient peut-être fait réfléchir à ce qu'elle allait faire, mais elle avait au moins plusieurs directions envisageables, plutôt que de partir tout droit dans un trou sombre de doute.

Elle leur dit au revoir et passa par la porte latérale pour se rendre directement à *Montgomery Ink*. Maya travaillait sur le bras d'un client tandis que son ami, Jake, regardait. Il devait être là pour la récupérer, puisqu'il ne la regardait pas travailler, d'habitude, à moins qu'ils aient quelque chose de prévu dans la soirée.

Austin était sorti pour passer du temps avec Sierra et son fils, Leif. Il lui avait raconté ce qu'ils comptaient faire quand ils l'avaient déposé chez elle. Le fait qu'Austin soit père ne manquait jamais de la faire sourire. Cet homme bourru avait été seul bien trop longtemps et il avait désormais une famille. Tant mieux pour lui.

Elle se dirigea vers le bureau pour poser ses affaires et y trouva Sloane, en train de travailler méticuleusement sur un croquis.

— Salut, Sloane.

Elle ne voulait pas l'interrompre, mais elle ne voulait pas non plus le faire sursauter.

— Salut, Callie. Tu travailles sur ce gros projet pour Morgan, ce soir ?

Elle acquiesça, mais il ne put la voir puisque toute son attention était focalisée sur son travail.

— Oui. Il devrait bientôt être là, donc je vais travailler sur mes croquis quelques minutes.

Elle se mordit la lèvre.

— Je peux voir sur quoi tu travailles ?

Sloane était généralement assez cool et la laissait regarder ce qu'il dessinait à tous les stades de production, mais cette œuvre semblait différente.

C'était le faucon pour le vétéran et elle savait qu'il devait lui accorder plus d'importance qu'aux autres. Elle ne savait pas grand-chose sur son passé, autre qu'il avait été dans l'armée également.

Il croisa son regard, les ombres qu'elle y vit lui donnant envie de l'enlacer.

— Oui, tu peux jeter un coup d'œil. J'ai presque terminé.

Elle hocha la tête et observa le croquis, prenant une brusque inspiration. C'était beau. Le faucon déployait ses ailes, comme s'il voulait s'élever dans le ciel. On avait l'impression que chaque plume allait sortir de la page si elle les touchait. L'œil de l'oiseau la fixait et elle savait que peu importait si elle bougeait, elle aurait toujours le sentiment qu'il la regardait.

— C'est beau.

Elle n'avait même pas remarqué qu'elle pleurait, jusqu'à ce qu'elle sente le goût salé sur sa langue. Émue, elle se mit sur la pointe des pieds et embrassa Sloane sur la joue.

— Tu as fait un merveilleux travail. Il sera fier de le porter sur sa peau.

Sloane se leva et fit un pas en arrière, la mâchoire serrée.

— Tu es quelqu'un de bien, Sloane.

Il la fixa un moment, puis secoua la tête et quitta la pièce avec son croquis à la main.

Elle jura. Elle ne pouvait pas guérir toutes les blessures, mais elle était d'habitude plus douée pour les repérer. Soupirant, elle s'essuya rapidement le visage, puis récupéra son carnet de dessin et alla jusqu'à son poste. Sloane était sur le sien, mais ne leva pas la tête. Elle se serait bien excusée, mais elle n'avait aucune excuse à donner, aucune qu'il voudrait entendre en tout cas.

Elle était à son poste, toute son attention portée sur les quatre croquis qu'elle avait dessinés pour Morgan. Il avait bien détaillé ce qu'il voulait, mais il y avait encore tellement de place pour l'interprétation. L'idée qu'il ne s'agirait que d'un seul dessin sur le dos, les bras et descendant jusqu'à ses hanches rendait difficile la compréhension exacte de ce qu'il souhaitait.

Elle le sentit arriver avant de l'entendre.

Son corps se tendit et ses joues rougirent quand il arriva sur son poste. Il ne fit pas un bruit, ne dit pas un mot, mais elle savait qu'il était là et qu'il la regardait.

Elle prit une grande inspiration et se tourna vers lui.

— Monsieur McAllister.

Elle ne pouvait pas l'appeler Morgan en face, pas quand elle avait dit son nom en jouissant sur ses doigts.

— Vous pouvez m'appeler Morgan, Callie, répondit-il dans un doux grognement. Après tout, vous vous apprêtez à poser les mains sur moi.

Est-ce qu'il la taquinait ? Qu'il flirtait avec elle ? Bon sang, elle l'ignorait.

— C'est vrai... Morgan.

Elle se leva, surprise de constater que ses jambes étaient stables.

— Pourquoi n'enlèveriez-vous pas votre chemise ?

Il haussa un sourcil, mais elle ne tressaillit pas. Au lieu de ça, elle imita son geste.

— J'ai besoin de voir votre dos pour m'assurer que mon croquis fonctionnera.

Elle savait déjà que ce serait le cas, puisqu'elle l'avait dessiné et tracé entièrement, mais elle devait vérifier.

— Je peux d'abord voir ce que vous avez ?

— Quand j'aurai vu votre dos.

Il ne bougea pas, ne cilla pas. Il ne ressemblait pas à un homme à qui on disait souvent non. Dommage. Mais il avait dû voir quelque chose qu'il aimait, puisqu'il défit lentement sa cravate, avant de déboutonner sa chemise.

Elle n'allait *pas* baver.

Il n'y avait pas une once de graisse sur lui. Austin avait dit que Morgan avait la quarantaine, mais il n'en avait pas l'air. Il n'avait pas non plus le corps d'un jeune homme de vingt ans. Ce n'était pas ce que Callie souhaitait, de toute façon. Le corps de son client avait joliment vieilli et il était clair qu'il prenait soin de lui. Il avait quelques poils sur le torse, mais pas excessivement. Les poils sur son ventre descendaient sous son pantalon de costume et Callie fit de son mieux pour ne pas avaler sa langue.

Elle essaya vraiment.

Et réussit presque.

— S'il vous plaît, tournez-vous pour que je voie les croquis sur votre dos.

Il le fit sans un commentaire et elle prit une grande inspiration.

Parfait.

Pas même une cicatrice, même si une petite marque pouvait aussi être sacrément sexy. Chacun de ses croquis fonctionnerait. Elle avait tracé son corps avec son crayon et ses mains, mémorisant chaque centimètre de lui, même si cela avait été involontaire. Il allait devoir se raser les bras pour qu'elle puisse le tatouer, mais autrement, il était parfait.

Non, pas parfait. La perfection n'existait pas et cela ferait du bien à Callie de s'en souvenir.

Elle s'éclaircit la gorge.

— Vous pouvez vous retourner, maintenant. Je vais vous montrer ce que j'ai et on peut commencer le contour ce soir, ou vous pouvez avoir plus de temps pour y réfléchir.

Il se retourna et la regarda fixement.

— D'accord.

Elle pensa aux paroles de Miranda, elle pensa à ce qu'elle voulait. Ce serait une erreur de le lui demander, mais une plus grande encore de se retenir.

— Quand on aura terminé, on pourra aller manger un morceau, si vous voulez, chuchota-t-elle.

Elle n'avait pas voulu murmurer, mais le dire plus fort était trop difficile. La façon dont elle le formulait lui offrait une porte de sortie au cas où il disait non. Cela pourrait être un dîner avec des amis et elle pourrait faire attention à ce qu'il reprenne des forces. Cela *aurait pu* être ça.

Elle vit le besoin s'écrire dans le regard de l'homme et elle retint sa respiration.

— À mon avis, ce ne serait pas approprié, déclara-t-il doucement.

Elle lui sourit vivement, son cœur douloureux.

Bon sang. Elle n'aurait pas dû se dévoiler. Mais si elle ne l'avait pas fait, elle n'aurait jamais été sûre de la réponse. Si elle s'était retenue, cela n'aurait fait que l'inquiéter en imaginant ce qui aurait pu se passer.

Elle ignorait s'il voulait dire que ce n'était pas approprié puisqu'elle était sa tatoueuse, plus jeune ou tout simplement à cause de ce qu'ils étaient l'un pour l'autre. Peut-être qu'elle ne voulait pas le savoir.

— Pas de problème, répondit-elle doucement. Assurez-vous simplement de manger quelque chose quand vous rentrerez chez vous. Je n'ai pas envie que vous me fassiez un malaise.

Il acquiesça, puis s'assit sur le tabouret.

— Montrez-moi vos croquis. Si on en trouve un qui me plaît, on peut commencer ce soir.

Elle sourit à nouveau, puis se retourna pour saisir ses croquis et retrouver son calme. La lame qu'elle ressentit dans son cœur à l'idée qu'il lui dise non n'aurait pas dû être si douloureuse. Ce n'était pas comme si elle avait eu une chance, de toute façon, ils étaient trop différents.

Elle se retourna à nouveau et lui montra son travail. Cette fois-ci, la nervosité au fond de son estomac la fit légèrement trembler. Pour une quelconque raison, cela était plus important pour elle que de lui demander s'il voulait dîner. Son cœur et son âme se trouvaient sur le papier. S'il n'aimait aucun dessin, elle savait qu'elle devrait remettre ce client entre les mains d'Austin. Elle avait mis tout ce qu'elle avait dans le carnet que Morgan tenait entre ses mains et elle savait qu'elle n'aurait pas le cœur de recommencer.

Morgan ne dit rien, son attention focalisée sur son travail. Elle essaya de ne pas sautiller d'un pied sur l'autre, mais échoua.

— Chacun suit le même plan, expliqua-t-elle. Les couleurs peuvent être changées, mais je pense que la palette de chacun d'entre eux fonctionne bien. J'aime le phénix sur votre épaule gauche, plutôt que sur la droite, et que la queue soit plus inclinée sur la hanche droite. Comme ça, ce n'est pas trop symétrique, et tout n'est pas non plus regroupé d'un côté.

Elle s'obligea à se taire. Il n'avait pas besoin d'entendre ses divagations.

Il la regarda dans les yeux et elle retint son souffle.

— Tous les dessins sont incroyablement détaillés et très beaux.

Il secoua la tête avant d'ajouter :

— Je ne m'attendais pas à un travail si époustouflant.

Elle grinça des dents, mais ne répondit rien. Pour

ce qu'elle en savait, il ne parlait peut-être pas de ses talents, mais de ce qu'il allait voir sur le papier.

— J'ai aimé travailler sur ce projet, répondit-elle honnêtement.

Il baissa une fois de plus les yeux vers les œuvres d'art qu'il avait entre les mains.

— Je vois ça.

Il lui tendit un dessin, le préféré de Callie, avec des bleus et des violets si riches qu'elle adorerait les voir se mêler sur sa peau.

— Celui-ci. Celui-ci est parfait.

Elle sourit.

— C'est également mon choix.

Il croisa son regard et elle voulut en dire davantage, mais se retint.

— Commençons, alors.

— Oui. Commençons.

Cela allait la tuer de garder ses mains sur le corps de cet homme pendant plusieurs heures, mais elle allait le faire. Elle était professionnelle, après tout, et Morgan McAllister n'était qu'un client.

Et peut-être que si elle se le répétait suffisamment, elle croirait à ce mensonge.

CHAPITRE QUATRE

CELA AVAIT ÉTÉ UNE ERREUR. Morgan ne montra aucun signe extérieur de frustration et d'agitation. Il conserva une apparence de politesse désintéressée lorsqu'il observa les autres invités se mêler et discuter. Cela ne lui ferait aucun bien de montrer ouvertement son dédain pour leur hypocrisie pompeuse.

Il était au-delà de ça.

Presque.

Il s'était promis que s'il pensait une fois de plus à Callie, il irait au gala avec Heather. Et le voilà. Il pensait honnêtement qu'il serait assez fort pour contrôler sa volonté, contrôler ses désirs. Il connaissait finalement si peu de choses sur lui-même et son attirance pour sa tatoueuse.

Dès qu'il quitta la boutique, elle resta dans son esprit. L'odeur de la jeune femme avait imprégné sa peau, surtout autour du contour partiel. Il ne pouvait rien faire à propos des rêves, des pensées et de son désir quand il s'agissait d'elle. Il devait mettre fin à tout ça pour leur bien à tous les deux.

Au lieu de succomber à ce qui devenait rapidement une obsession, il avait appelé sa mère et lui avait dit de transmettre à Heather qu'il avait changé d'avis. Apparemment, cela avait été inutile, puisque sa mère, sournoise et fourbe qu'elle était, n'avait pas pris la peine de dire à Heather qu'il avait d'abord refusé. Cette femme qui l'avait fait élever par des nourrices et des enseignants de pensionnat lui avait parlé avec ce qu'il savait être une façade de politesse froide. Ce n'était pas exactement déplaisant ni inhabituel pour elle.

C'était ainsi qu'il se retrouvait maintenant au gala avec Heather à son bras et une migraine persistante. Il ne pouvait pas plus se débarrasser de ses pensées sur Callie qu'il ne pouvait s'empêcher de respirer.

Il était désormais coincé à une soirée mondaine à laquelle il avait dit qu'il n'assisterait pas, avec une femme qui n'était vraiment pas faite pour lui. Heather était fausse, de la couleur de ses cheveux à sa poitrine, en passant par ses pommettes et ses lèvres. Bon sang, même la courbe de ses fesses n'avait pas l'air naturelle. Morgan n'avait aucun problème avec la chirurgie plastique. Cela faisait partie de la vie dans la société à laquelle il appartenait. Ce qui le dérangeait, c'était que des gens mentaient à ce propos quand il était évident qu'ils s'étaient fait refaire ici et là, quand il y avait même eu de « gros travaux ». Et ces mêmes personnes méprisaient ceux qui choisissaient de vieillir gracieusement ou qui étaient évidemment satisfaits de leur allure et de la personne qu'ils étaient.

Il fallait entendre les incertitudes constantes des riches et des effrontés.

Il ne comprendrait jamais comme sa mère avait pu penser que cette femme serait bien pour lui. Enfin, sa mère ne le connaissait pas, donc il ne pouvait pas vraiment lui en vouloir. Elle n'avait jamais essayé d'apprendre à le connaître, plus que de façon superficielle, et il avait arrêté de s'en préoccuper depuis longtemps.

Heureusement, Heather ne lui parlait pas, à ce moment-là. Au lieu de ça, elle discutait de robes ou peut-être des personnes qui les portaient avec l'une de ses connaissances. Il ne voulait pas savoir ce qu'elles disaient et il s'en moquait, mais il avait accompli son obligation et avait fait une apparition au gala, donc il pouvait aussi bien tenter d'être cordial.

L'endroit entre ses omoplates commença à le démanger et il dut prendre une grande inspiration pour ne pas se gratter comme un singe. Callie avait travaillé sur son dos pendant plus de trois heures. Elle lui avait un peu parlé, quand il avait eu besoin de sa voix pour surpasser la douleur. Il avait eu mal quand elle était remontée sur ses épaules, donc sa voix avait aidé. Elle avait été douce, même lorsqu'elle enfonçait une aiguille dans sa peau. Ses mains n'avaient pas tremblé et elle s'était montrée professionnelle. Son esprit avait dérivé vers des endroits obscènes et il s'était obligé à ne pas durcir. Cela n'avait pas vraiment fonctionné puisqu'il avait eu une érection pendant tout le processus, mais il avait au moins eu l'air d'avoir le contrôle.

Il ne se souvenait pas de s'être fait la stupide étoile sur le bas de son ventre et sa hanche. C'était une erreur d'adolescent que seules quelques rares personnes pouvaient voir si elles étaient nues à ses côtés. Il se disait que cela lui avait probablement fait extrêmement mal, mais qu'il avait été trop *viril* pour en parler. En revanche, hier soir, il avait grogné et juré quand Callie était passé sur une zone particulièrement sensible encore et encore afin de dessiner correctement le contour.

Apparemment, dès qu'il s'était habitué à l'aiguille sur sa peau pour une longue ligne, elle l'enlevait et recommençait. Elle l'avait cependant apaisé et cela lui avait encore plus donné envie d'elle. Ce n'était pas quelque chose qui lui plaisait étant donné qu'il avait essayé de ne *pas* penser à elle. Leur séance avait probablement été la première de quatre. Elle avait réalisé le grand contour sur son dos et cela l'avait surpris qu'elle ait réalisé tellement de choses en si peu de temps. Lorsqu'il l'avait mentionné, elle avait secoué la tête, lui disant que cela avait été facile puisqu'il était resté immobile. Les couleurs sur ses bras prendraient plus longtemps, d'où les prochaines séances. Elles se dérouleraient le week-end et seraient plus longues que les trois heures de la soirée d'hier.

Quand ils eurent fini et qu'elle lui apprit à faire les soins post-tatouage, lui disant d'utiliser une spatule pour atteindre les endroits difficiles d'accès sur son dos avec la lotion spéciale qu'il devait appliquer, il était tard et il n'avait pas eu envie de partir. Ce qu'il avait eu envie de faire, c'était lui demander de venir avec lui pour qu'elle puisse l'aider avec son dos, même si c'était une excuse bidon. Il ne l'avait pas fait et l'avait raccompagnée à sa voiture puisqu'il était tard. Il n'avait pas dit un mot, s'était contenté de la regarder dans les yeux et avait tourné les talons avant de faire quelque chose de stupide comme l'embrasser follement contre la voiture.

Il détestait devoir la quitter et encore plus la repousser avant même qu'ils aient commencé, même si elle avait formulé sa demande de dîner comme si c'était quelque chose qui se produisait tous les jours et que c'était purement professionnel, alors qu'ils savaient tous les deux que ce n'était pas le cas. Il avait désespérément voulu lui dire oui et la faire asseoir à une table tout en lui donnant lui-même à manger. Il avait voulu prendre soin d'elle comme un dominateur le ferait avec sa soumise, et elle se serait également occupée de lui.

Il s'était maudit d'avoir de telles pensées alors même qu'il s'était montré poli, ou autant qu'il pouvait l'être étant donné qu'à l'intérieur, il criait *oui*.

Elle avait fait de son mieux pour avoir l'air amicale et pourtant il savait qu'elle voulait également prendre soin de lui. Elle voulait s'assurer qu'il mange après le tatouage et qu'il y aille doucement. Bien qu'il aurait adoré que cela se produise, il savait que ça ne pouvait pas être le cas. Il était trop vieux pour elle, trop grand. Il lui ferait peur. Malgré le fait qu'il sente vraiment qu'elle était soumise, il ignorait totalement son expérience. Il ne le saurait donc jamais.

Cela importait peu qu'elle n'appartienne pas à ses cercles sociaux. Il espérait qu'elle le comprenait, mais pour lui dire, il devrait avouer qu'elle l'intéressait, ce qui n'arriverait pas.

Il lui avait pourtant fait mal. Il l'avait vu dans le regard de la jeune femme et l'avait regretté.

— Morgan, chérie, tu as la tête dans les nuages ?

Morgan se tourna vers Heather et tenta de ne pas avoir un mouvement de recul. Il n'aurait pas dû venir au gala. Faire ce que sa mère voulait en emmenant Heather aurait des conséquences plus importantes auxquelles il aurait dû penser au lieu d'essayer de se sortir Callie de la tête. Maintenant, il était coincé avec une femme qu'il ne désirait plus revoir malgré ce que sa mère espérait pour la fin de la soirée.

— Morgan ? Chéri ?

Je ne suis pas ton chéri.

— Qu'y a-t-il, Heather ?

Il parla doucement, assez froidement et d'une manière à la fois courtoise et impersonnelle. Pourquoi se laissait-il manipuler au point de finir dans de telles situations ?

Quelles conneries !

— As-tu entendu ce que je disais ?

Il observa ses yeux malins et calculateurs, avant de secouer la tête.

— Non, je pensais à un projet au travail. Qu'y a-t-il ?

Elle bouda comme un bambin, sa lèvre inférieure ressortant.

— Si tu ne me trouves pas intéressante, peut-être que j'irai parler à ta mère.

Elle lui caressa le bras quand elle le dit et il dut déglutir la bile apparue dans sa gorge.

Une idiote manipulatrice. Bien joué, maman.

— Non, je suis là, maintenant. Qu'est-ce que tu dis ?

Ne va pas voir ma mère, petite pétasse calculatrice.

Je n'avais pas besoin de la gérer elle, et ma mère en même temps.

— Je parlais de tes sœurs, mais c'est fini maintenant, j'imagine. J'ai cru comprendre que tu étais au courant pour la grossesse.

Il acquiesça, même s'il ignorait totalement qui était enceinte. Sa mère lui avait peut-être dit, mais il n'avait pas écouté. Ce n'était pas qu'il ne s'intéressait pas à ses sœurs, il se préoccupait vraiment d'elles, mais il ne pouvait les supporter qu'à petites doses. Il aimait ses nièces et ses neveux, et si ses sœurs les avaient élevés au lieu de les confier à des nourrices ainsi qu'à des pensionnats, il aurait pu être plus proche d'eux.

Il essayait, vraiment, mais il ne pouvait pas faire tout ce qu'il voulait quand ils n'étaient pas ses enfants.

Il n'avait pas d'enfants et ne prévoyait pas d'en avoir puisqu'il s'était refusé l'idée de se mettre un jour en ménage. D'abord, parce qu'il avait été trop occupé à tenter de se débarrasser de l'ombre de son père tout en gérant l'entreprise. Puis c'était parce qu'il avait besoin de découvrir seul ce qu'il voulait, plutôt que de vivre sous le joug de sa mère.

Il savait ce qu'il ne voulait pas, ce qui était plus que certaines personnes, mais savait-il ce qu'il *voulait* ?

Le visage de Callie apparut dans son esprit et il le chassa.

Elle ne serait pas bonne pour lui.

Il le savait.

Il devait juste se le rappeler.

Souvent.

Heather parlait toujours et il acquiesça chaque fois qu'il le fallait. Si elle disait quelque chose d'important au lieu de papoter sur qui couchait avec qui et qui manquait de chance à cause de ses pauvres investissements, peut-être qu'il écouterait. Au lieu de ça, il essayait de garder son esprit loin de la femme qu'il ne devrait pas désirer, tout en prévoyant une façon de quitter le bâtiment aussi rapidement que possible.

— Bref, chéri. Papa et maman prévoient un voyage en Italie cet été, mais je ne suis pas sûre d'y aller. Où iras-tu cet été ?

Mais qui diable partait tous les étés ?

Là où sa mère et ses sœurs passaient les vacances d'été, ça ne le regardait pas. Il avait une entreprise à gérer et une femme à oublier. Oui, travailler l'aiderait à oublier.

Comme s'il l'avait matérialisé en pensant à elle, Callie entra dans la pièce et un silence s'abattit sur la foule comme une vague.

Elle était ici.

Comment diable pouvait-elle être ici ?

Il secoua la tête, essayant de s'éclaircir les idées. Pourquoi ne devrait-elle pas être là ? Il ne la connaissait pas bien, même si l'attirance qu'il ressentait pour elle lui donnait l'impression que c'était le cas. Pour ce qu'il en savait, c'était peut-être aussi son cercle social et elle était juste la nouvelle dans *sa* vie. Elle pouvait se faire passer pour une tatoueuse, tout en étant l'héritière d'une vieille fortune, après tout

Heather chuchotait à l'une de ses amies et il avait le sentiment que c'était à propos de Callie. En fait, d'après la façon dont d'autres jetaient des coups d'œil discrets, et pas si discrets d'ailleurs, à Callie tout en murmurant, il savait qu'Heather n'était pas la seule à avoir remarqué la nouvelle arrivée.

Il laissa son regard parcourir le corps de la jeune femme, assimilant chaque détail.

Elle portait une robe noire qui moulait son corps comme si elle était faite pour elle, mais d'après le tissu, il savait que ce n'était pas du sur-mesure. Contrairement aux autres personnes présentes dans la pièce, elle avait enfilé un vêtement de prêt-à-porter, loin d'être aussi cher que tout ce que les autres femmes portaient dans la pièce.

Cela n'avait pas d'importance.

Elle mettait la robe en valeur.

Elle couvrait l'une de ses épaules et laissait l'autre nue. Mon Dieu, il voulait lécher chaque centimètre de sa peau. C'était comme si elle le taquinait en ne montrant qu'un petit bout de son corps. Elle ne portait aucun bijou, à part de petites boucles d'oreille noires.

Les tatouages qu'elle montrait fièrement étaient un ornement suffisant pour lui donner l'air d'une princesse.

Une princesse sexy et exotique.

Elle jurait dans le décor et tout le monde le savait. Il vit les autres murmurer autour de lui et il retint un juron. Qu'en savaient-ils ? Comment pouvaient-ils penser qu'ils étaient mieux qu'elle ? Il n'avait jamais imaginé cela. L'argent et les vêtements de créateurs ne faisaient pas la femme... ou l'homme.

Mais Callie se faisait clairement juger et était prise en défaut.

Le visage de Callie ne montrait aucune réponse aux chuchotements, aux regards, aux jugements. Non, elle avait l'air... heureuse. Fière.

Il se tourna finalement vers la gauche pour observer son rendez-vous et son estomac tomba dans ses talons.

Non, il devait se tromper. Ça ne pouvait pas être vrai.

Il connaissait l'homme au bras de Callie.

L'homme *marié* à son bras.

Eh bien, merde.

Il espérait vraiment qu'elle ignorait que Matt était marié à une autre femme. Une jolie et gentille femme du nom de Virginia. Parce que si Callie savait que Matt était marié ? Nom de Dieu. Elle était comme eux, n'est-ce pas ? Tout le monde autour de lui trompait et en était heureux. C'était un jeu pour eux. Combien de personnes pouvaient-ils se taper sans que personne le sache ? Peu importait qu'ils brisent leurs vœux. C'était simplement une question de besoin égoïste et d'insécurité, tout en s'assurant que leur réputation restait intacte. Tant qu'il n'y avait pas de ragots, peu importait ce qu'ils faisaient.

La discrétion était la clé.

Matt apparaissant à un gala où se trouvaient les personnes les plus influentes du monde de Morgan, avec sa maîtresse à son bras, n'était pas discret.

Matt était jeune. Nouveau dans le monde. Nouveau dans son entreprise.

Il était également un idiot.

Un idiot que Callie avait choisi.

Elle avait demandé à Morgan de dîner, elle avait forcément partagé la chaleur entre eux deux puisqu'il était impossible qu'elle ne se soit pas sentie affectée. Il l'avait sentie, il l'avait vu sur son visage et il avait vu la façon dont ses tétons se durcissaient chaque fois qu'il était proche d'elle.

Le fait qu'il soit avec Heather ce soir ne signifiait rien. Son apparition aux côtés d'Heather était faite pour apaiser sa mère. C'était également un total manque de jugement de sa part. Il ne permettrait pas que ça se reproduise.

Et Callie se trouvait ici, aux bras d'un homme marié. Peut-être qu'elle n'était pas aussi innocente qu'il le pensait.

— Regarde cette poubelle qu'il a amenée avec lui, chuchota l'ami d'Heather.

— Je sais, répondit Heather.

Elles étaient discrètes, mais vu la façon dont leur voix s'éleva en même temps que l'ensemble de la foule, il était clair que la majorité des gens parlaient de Callie et Morgan savait qu'elle devait les entendre.

— Regarde ces tatouages. Où l'a-t-il trouvée ? Dans la rue ?

Morgan serra les dents. C'était l'une des raisons pour lesquelles il s'était empêché de se faire le tatouage qu'il désirait. Si seulement elles savaient où les mains de Callie s'étaient posées le soir précédent... où il avait *voulu* ses mains, ce soir-là.

— Mon Dieu, à quoi pense Matt ? demanda Sam en avançant vers Morgan, Sally à son bras.

— Je sais, enfin, franchement, regarde ces tatouages, ricana Sally. Ces cheveux. Elle se prend pour qui ?

— On ne peut pas simplement entrer dans notre monde en ayant l'air d'une évadée de prison, ajouta Heather.

Ils ne chuchotaient plus.

Morgan aurait dû la défendre. Il le savait. Mais il

en était incapable, pas quand il pensait qu'elle faisait partie du monde qu'il rejetait. Elle était l'une d'entre *eux*.

Une maîtresse.

Une femme adultère.

Juste une autre dans la longue liste des gens dans sa vie qui avaient brisé leurs promesses. Les vœux prononcés lors du mariage ne signifiaient rien pour ces gens.

Voilà une autre raison pour laquelle il ne s'était jamais marié. Quelle était l'utilité quand les mots ne signifiaient rien ?

— J'imagine que Virginia et lui sont toujours ensemble ? s'enquit-il doucement.

Son regard resta fixé sur Callie, mais elle ne l'avait pas encore vu. Au lieu de ça, elle était concentrée sur Matt et sur un tableau duquel ils semblaient parler. Elle rit et Morgan serra la mâchoire.

Sam haussa un sourcil et Morgan eut envie de retirer sa question. Il ne s'embêtait *jamais* avec les ragots. Le fait qu'il ait posé une question sur Matt et Virginia signifiait quelque chose et Sam le comprit tout de suite.

— Ils sont toujours ensemble, pour ce que j'en sais, répondit-il lentement.

Morgan ne prit pas la peine de le regarder. Il ne voulait pas voir son air entendu.

— Matt est un avocat prometteur de son entreprise. Il sera leur partenaire un jour, tant qu'il apprend à garder ses... penchants pour lui.

Callie se tourna alors vers Morgan, croisant son regard. Ses yeux étaient brillants, mais pas joyeux.

Non, il était évident qu'elle savait ce que les autres disaient sur elle, y compris Morgan, apparemment.

Elle observa les gens autour d'elle, un par un, puis l'observa, lui.

Elle se raidit légèrement et il voulait lui crier qu'elle avait tort.

Cela aurait pourtant été un mensonge.

Elle était clairement consciente de ce que pensaient les autres – et même lui, selon ce qu'elle devait imaginer.

Elle lui offrit un sourire tendu, puis se retourna vers Matt qui la mena vers un autre tableau.

S'il voulait s'assurer que Callie ne veuille jamais de lui, il venait tout juste de le transformer en certitude.

Merde alors.

CHAPITRE CINQ

— JE N'ARRIVE PAS à croire que les gens puissent être si stupides.

Callie acquiesça après les paroles de Matt, ses ongles s'enfonçant dans son bras. Lorsqu'il grimaça, elle recula, tapotant les petites marques qu'elle avait laissées. Il fallait qu'elle contrôle mieux que ça.

— Désolée.

Matt jura à nouveau avant de retirer son bras pour le passer autour de sa taille. Il se rapprocha d'elle pour que les autres ne puissent les entendre, et elle se calma grâce à la proximité de son ami.

— Pourquoi es-tu désolée ? Qu'est-ce que tu as fait, bon sang ? Tu m'as accompagné à un foutu gala. Un gala auquel je ne voulais pas aller et maintenant les gens se comportent en idiots. J'aurais aimé pouvoir y échapper puisque maintenant, j'ai juste envie de taper toutes leurs têtes les unes contre les autres à cause de la façon dont ils te traitent. Chuchotements ou non, c'est toujours sacrément énervant.

Callie soupira et l'attira plus près de l'un des tableaux. Personne n'était près d'eux, donc ils ne pourraient pas entendre ce qu'elle disait. En fait, les autres avaient laissé un grand écart entre eux et le reste de la foule, comme s'ils allaient attraper des poux en se rapprochant un peu trop.

Matt avait raison.

Les gens dans cette pièce étaient sacrément stupides.

— Ne fais pas attention à eux, Matt, déclara-t-elle doucement.

Elle tenta de sourire lorsqu'elle le dit, mais elle redoutait que cela ressemble plus à un ricanement. Peut-être même à une grimace.

— Nous sommes amis. Nous sommes amis depuis que je t'ai laissé épouser *ma* copine Virginia.

Il rit d'une voix rauque et Callie se détendit curieusement. Elle avait essayé de le faire rire et même si ce n'était pas l'un de ses éclats de rire normaux et profonds, au moins il y avait quelque chose. Matt était l'une des personnes les plus sympathiques qu'elle connaissait et généralement, il ne s'énervait pas si rapidement. Le fait qu'il semble sur le point de taper la tête des invités l'une contre l'autre lui indiqua exactement à quel point les autres, leurs chuchotements mesquins et leurs regards noirs avaient touché son ami. Elle-même, elle avait envie d'arracher quelques yeux, surtout ceux de la blonde au bras de Morgan, mais elle ne succomberait pas à la tentation.

En fait, elle ne succomberait à *aucune* tentation dans un avenir proche.

Elle en avait assez. Elle en avait assez des rêves, des siestes torrides, ou du charme qui l'attirait vers quelque chose qu'elle regretterait. Elle avait été stupide de penser qu'elle pouvait avoir un homme qui s'imaginait évidemment meilleur qu'elle. Rien ne clochait chez elle, dans sa vie, dans ce qu'elle aimait ou ce qu'elle faisait pour gagner sa vie. Et s'il pensait qu'elle n'était pas *appropriée* ? Eh bien, qu'il aille se faire foutre.

— Et je te remercierai tous les jours jusqu'à la fin de ma vie de m'avoir laissé épouser ton amie, répliqua Matt en interrompant ses pensées tumultueuses. En revanche, ça ne m'aide pas à me sentir mieux de savoir que je te mets dans cette situation.

Elle secoua la tête, agacée envers elle-même de laisser ses pensées divaguer sur un chemin qui n'était bon pour personne.

— Non, tu ne m'as mis dans aucune situation. Les gens dans cette pièce, avec leurs petits cerveaux et leurs mentons relevés sont ceux qui créent la mauvaise ambiance. Je suis venue ici parce que tu es mon ami et que tu avais besoin de moi. En plus, j'aime l'art. Je vais bien, Matt. Arrête de t'inquiéter pour moi.

Elle n'allait pas bien, mais elle ne le lui dirait pas.

Si Morgan n'avait pas été là – et bon sang, oh bon sang, quelle surprise cela avait été –, elle aurait passé la soirée sans problème. Néanmoins, l'homme qui hantait ses rêves rendait sa situation gênante encore pire. Sa présence à cette... fête troublait sa confiance en elle jusqu'au fond de son âme.

Qu'il soit maudit.

Aucun homme ne devrait avoir le droit de lui faire sentir qu'elle n'était pas assez bien. Elle l'avait laissé s'approcher de trop près. Non, ce n'était pas ça. Il n'avait pas été proche d'elle, dès le début. Au lieu de ça, elle avait laissé une simple image de lui, le rêve d'un homme qui n'existait pas vraiment, lui faire du mal. C'était uniquement sa faute.

— Callie, chérie, tu es venue avec moi parce que tu es mon amie et pourtant, je me fous de toi.

Elle rejeta fermement Morgan de son esprit et se mit face à Matt.

— Tu ne t'es pas foutu de moi. Ta femme est malade, Matt. Virginia a la grippe et ne pouvait pas venir à cet événement avec toi. C'est elle qui m'a appelé. C'est moi qui ai accepté sa proposition. Tout ce que tu as fait, c'est de me faire enfiler une jolie robe et de m'emmener en ville pour la soirée parce que ta femme t'a demandé de le faire. Il n'y a rien de mal à ça.

Il avait même proposé de lui acheter une robe au cas où elle n'en aurait pas. Elle n'avait effectivement pas de robe qui satisfaisait les attentes de ces gens, mais elle en avait une qui était très belle sur elle. Matt et Virginia n'avaient pas pitié d'elle, ils ne la prenaient jamais de haut et ne la vexeraient jamais en lui faisant la charité malgré la grande différence entre leurs salaires. Callie avait pensé que tout se passerait bien.

Apparemment, elle avait eu tort.

Elle toucha l'intérieur de sa robe, puis marqua une pause. Elle ne se sentirait pas mal pour le polyester et la soie artificielle qu'elle portait, comparée à la véritable soie, au satin, au velours et au lin élégant des personnes autour d'elle. Elle n'avait jamais accordé d'importance aux vêtements de luxe et elle n'allait pas commencer maintenant. Elle aimait ce qu'elle avait et elle en était ravie.

Son ami plissa les yeux en voyant son geste.

— Il y *a* un problème quand les gens qui sont censés être mes amis parlent derrière ton dos.

Il marqua une pause.

— Non, ce n'est pas derrière ton dos puisqu'on peut les entendre et qu'ils ne sont pas très doués pour cacher ce qu'ils pensent.

Elle ne pensait pas que les autres personnes dans la pièce avaient essayé de le cacher, et c'était ça le truc.

— Ces gens ne sont pas tes amis et tu le sais, déclara-t-elle doucement, essayant de ne pas avoir l'air acerbe.

Il lui lança un sourire ironique.

— C'est vrai. Ce sont mes collègues et mes clients. Mes véritables amis sont ceux qui laissent tomber ce qu'ils avaient prévu pour venir à un tel événement, que je n'ai pas l'air d'un véritable crétin en parlant d'art.

Il grimaça.

— J'ignore totalement ce qu'est l'art, Callie. J'aime ce que j'aime, mais je ne sais pas si c'est bon ou pas. Ça, c'est le truc de Virginia. Elle me guide et c'est la meilleure femme que j'aurais pu imaginer. Elle sait quoi faire pour les dîners, les galas et les autres fêtes. Elle fait tout ça et corrige des copies toutes les nuits parce qu'elle travaille trop dur. Je l'aime tellement, Callie, et elle n'est pas là.

La jeune femme sourit aux paroles de Matt. Il était vrai qu'il ne connaissait rien sur l'art et ne savait même pas comment agir dans un monde où il n'avait pas grandi. Bien qu'elle et Virginia aient toujours été du côté pauvre en grandissant, Matt avait appartenu à la classe moyenne favorisée. Grâce à de bonnes notes, des bourses et sa qualité d'être extraordinaire, Matt était allé dans une école de la ligue Ivy et était désormais avocat associé dans une entreprise prestigieuse. Il avait fait quelque chose de sa vie et avait trouvé Virginia, une enseignante avec le cœur le plus gros que Callie ait jamais vu, en même temps.

Ils formaient un couple si mignon.

Un couple qui ne rentrait pas vraiment dans le moule de la société, mais qui s'en sortait bien.

Et maintenant qu'il avait ramené Callie avec lui, il avait probablement perdu un ou deux points d'estime aux yeux de ceux qui se pensaient meilleurs qu'elle.

En tant que couple, ils iraient bien et Matt s'en remettrait, mais les rumeurs étaient les rumeurs.

Callie se moquait totalement de ce que les gens pensaient, lors d'une soirée normale, et Matt s'en moquait aussi. Il était juste stressé, pas seulement à cause d'une affaire, mais parce qu'il avait été obligé de laisser sa femme malade seule à la maison. Il ne pouvait pas manquer l'événement de ce soir, même si venir avec Callie entachait sa réputation. Cela aurait probablement été pire s'il n'était pas venu du tout, puisqu'il était tout nouveau dans l'entreprise.

Peut-être que si Callie n'avait pas de tatouages et de cheveux excentriques, ils auraient pu s'en sortir. Elle n'avait simplement pas su à quoi s'attendre dans le nouveau monde de Matt.

Maintenant, elle le savait.

Et elle ne voulait rien à voir là-dedans.

Au début, elle avait balayé les regards, les chuchotements et les paroles prononcées dans un ton pas si murmuré. Ce n'était pas comme si elle allait un jour revoir ces gens alors il n'y avait aucun intérêt à savoir ce qu'ils pensaient d'elle ? En revanche, Matt allait devoir gérer les conséquences des erreurs de jugement des autres. Il allait tout de même passer outre. Virginia et lui étaient un couple solide.

Elle irait bien.

Mais ensuite, elle avait vu Morgan.

L'expression sur son visage...

Bon sang, elle pensait être plus forte que ça. Ce n'était pas comme s'il était à elle.

Il ne l'était pas.

Il avait cassé son coup rapidement.

Visiblement, elle n'était pas ce dont il avait envie. Comme il l'avait dit, elle n'était pas *appropriée*.

Matt soupira à côté d'elle et elle se tourna vers son ami.

— Que se passe-t-il ? s'enquit-elle.

Elle arrêta de penser à l'homme qui l'avait blessé avec un seul regard noir.

— Je dois appeler Virginia, dit-il doucement.

Elle sourit.

— Pourquoi ? Parce que ça fait vingt minutes que tu ne lui as pas parlé ? le taquina-t-elle.

Il rougit et son corps se détendit. Elle était venue à

ce gala pour aider son ami et c'était simplement ce qu'elle allait faire. Que les autres aillent se faire voir avec leurs esprits étriqués et leurs grandes bouches.

— Ferme-la, Callie, murmura-t-il.

Elle se pencha vers lui. Les chuchotements autour d'eux augmentèrent et elle dut se mordre la langue pour ne pas se retourner et mordre en retour.

— Va appeler ta femme. Ça va aller, je vais rester ici. Promis, ajouta-t-elle lorsqu'il la regarda.

Matt l'embrassa sur le front, sa main s'entremêlant dans ses cheveux, comme il le faisait depuis des années. Elle eut envie de le frapper. Sérieusement ? Il allait agir comme le grand frère qu'il avait l'impression d'être devant tous ces gens ? Eux, ils ne verraient pas ça comme un baiser amical et aucunement sexuel. Au lieu de ça, ils auraient l'impression qu'il exhibait sa maîtresse. Et en public, en plus. Elle eut envie de jurer et de jeter quelque chose, mais cela ne résoudrait rien. Alors elle leva le menton et étudia la peinture devant elle. Peut-être que si elle se concentrait sur les beaux coups de pinceau, le sujet du tableau, elle pourrait ignorer les autres qui tournaient autour d'elle comme des requins repérant du sang dans l'eau.

— Qui êtes-vous, ma chère ?

Callie grimaça et se retourna, pour voir une vieille femme dans une robe foncée et des perles. Beaucoup de perles. Elle s'obligea à sourire et tenta de jouer le jeu. Le jeu qu'elle n'avait aucune chance de gagner, puisqu'elle ne connaissait pas les règles, mais elle allait continuer de se battre, bon sang.

— Callie Masters.

Elle ne lui tendit pas la main, puisque la femme ne semblait pas du genre à s'abaisser à toucher ceux qui étaient d'un rang inférieur à elle. D'ordinaire, Callie ne jugerait pas quelqu'un si rapidement, mais il y avait quelque chose chez cette femme qui lui donnait envie de grincer des dents.

— Et vous êtes... ?

La femme haussa les sourcils, comme si elle s'attendait à ce que Callie et tout le monde aux alentours sachent qui elle était. Dommage, Callie ne faisait pas partie de ce cercle social. Merci mon Dieu.

— Je suis Eleanor McAllister.

McAllister ? Oh que non ! Elle ne pouvait pas être la mère de Morgan. Peut-être sa tante ou quelqu'un dans le genre. Ou peut-être que McAllister était un nom répandu. Il y avait une ressemblance générale avec Morgan, mais il y avait surtout les yeux malicieux, identiques à ceux de son client. Callie sut que cette femme devait au moins être une parente proche.

De tous les galas du monde...

Cette femme ne l'appréciait pas, c'était certain. Callie ne pouvait qu'imaginer ce qu'il se produirait si Eleanor McAllister découvrait les rêves salaces ainsi que les pensées que Callie avait à propos de Morgan. Est-ce que les femmes de haute société avaient encore des syncopes ? C'était le nom exact ? Ah oui, elles tombaient dans les vapes. Ou peut-être même qu'elles avaient des vapeurs.

— Ravie de vous rencontrer, mentit-elle.

La femme ne lui parlait pas pour se lier d'amitié avec elle, Callie en était sûre. En fait, cette vieille était la première personne de cette fiesta à oser parler à Callie. Rien de bon ne pouvait en sortir, mais Callie ne voulait pas rendre la situation encore plus compliquée pour Matt en agissant comme une pétasse.

Eleanor haussa un seul sourcil.

— Ah oui ?

Callie cligna des yeux, ne sachant pas vraiment quoi répondre. Elle *détestait* ne pas comprendre la situation.

Le regard d'Eleanor remonta le long de son corps, ce ricanement désapprobateur devenant de plus en plus caustique à chaque seconde qui passait. Il n'y avait rien de tel que d'être méprisé.

— Y a-t-il quelque chose que je puisse faire pour vous ? s'enquit Callie.

Elle en avait assez d'être gentille. Elle n'allait pas devenir complètement folle et dire à cette femme, ainsi qu'à ses amis qui se tenaient silencieusement dans le coin à regarder leur interaction, ce qu'elle ressentait vraiment. Mais elle n'allait pas non plus laisser les autres la démolir. Elle pouvait marcher le long de cette limite, bon sang.

Eleanor croisa son regard, les yeux remplis de satisfaction.

— Vous n'êtes pas la bienvenue ici, ma petite. Vous devriez le savoir et retourner aux coins des rues, près des gouttières d'où vous venez.

Callie prit une grande inspiration. L'aplomb de cette femme.

— Matt est mon ami. Si vous passiez moins de temps à juger les autres et plus de temps à travailler sur vos capacités relationnelles, vous n'auriez pas autant de rides autour des lèvres.

Elle ferma brusquement la bouche et se maudit.

Nom de Dieu. Bien joué, Callie. C'était absolument ce qu'il ne fallait pas faire.

— Petite traînée, chuchota la vieille femme. Vous êtes en train de tout gâcher pour un homme qui n'avait pas grand-chose à perdre, déjà. Si vous voulez vous rouler dans la paille avec lui, faites-le en privé. Ne nous le balancez pas au visage. Je me moque de savoir si ce jeune homme est votre *ami*. Partez d'ici ou je le démolirai. Il devrait savoir qu'il ne faut pas se ramener avec une poubelle au bras.

Callie serra les poings et ouvrit la bouche pour

répliquer, mais elle s'arrêta quand elle vit Morgan arriver derrière Eleanor.

— Mère.

Il parla doucement, d'une voix profonde, et froide comme de la glace. Le corps de Callie la trahit lorsqu'elle entendit le son de sa voix, et Eleanor le remarqua.

Bon sang, bon sang, *bon sang*.

— Morgan, chéri. Laisse-moi gérer ça. Je dois donner une leçon à cette traînée. Elle aurait dû savoir qu'elle ne devrait pas se montrer au milieu de personnes décentes.

— Ça suffit, répondit-il fermement. Retourne auprès de tes *amis*.

La dérision dans ses mots était évidente.

— Et je vais m'occuper de ça.

Il va s'occuper de ça ? Et que diable voulait-il dire ? Mon Dieu, elle devait se souvenir qu'il ne l'aimait pas. Il était poli, même gentil avec elle de temps en temps, mais il ne voulait pas d'elle. Elle ne pouvait pas l'oublier, si elle voulait garder son cœur intact.

— Morgan...

— Ça suffit.

Il la coupa et croisa le regard de Callie.

— Viens avec moi, ajouta-t-il.

Le dos de la jeune femme se raidit à cause de son ton,

et elle sut qu'elle serait probablement mieux avec lui, plutôt que dans la foule grandissante. Bien sûr, c'était un crétin dont l'allure lui disait qu'il la prenait pour une traînée, mais elle le connaissait mieux que n'importe qui d'autre ici puisque Matt n'était pas là. C'était juste génial.

— Tu connais cette femme, Morgan ? demanda Eleanor, d'une voix remplie de poison.

— Qui je connais et ce que je fais, cela ne te regarde pas. Tu fais toute une scène et Dieu sait que je déteste ça. Va sauver ta précieuse réputation et arrête d'agir comme une vieille vipère.

Callie écarquilla les yeux. Elle avait pensé que Morgan utilisait un ton abrupt avec elle, mais celui qu'il employait avec sa mère lui donnait envie de grimacer. Il semblait vraiment n'avoir aucune affection pour elle. Callie était désormais plus troublée que jamais.

Morgan tendit le bras et elle le saisit après un moment d'hésitation. Elle plissa les yeux quand il le fit, mais garda le menton relevé. Ils traversèrent la pièce jusqu'au balcon et elle tenta d'ignorer les voix autour d'elle, leur confusion et leur intérêt la poignardant comme des milliers de griffes.

Elle avait commis une erreur et elle le savait.

Elle n'aurait jamais dû venir et elle n'aurait certainement pas dû prendre le bras de Morgan.

— Je suis désolé pour ça, dit-il dès qu'elles furent sur le balcon.

Les mots ne l'apaisaient pas comme il le souhaitait probablement. Au lieu de ça, elle garda le dos droit, s'obligeant à ne pas se déchaîner, ou pire, pleurer. Elle était plus forte que ça et elle devait se le rappeler.

— Désolé pour quoi ? Pour le fait que tout le monde pense que je suis la maîtresse de Matt ? Pour le fait qu'ils pensent que Matt pourrait tromper sa femme, mon amie Virginia ? Ou parce que votre mère m'a traité de traînée ? Hmm ? Non. Et pourquoi pas... pourquoi pas parce que vous m'avez regardé comme si vous pensiez que tout cela était vrai ? Vous avez clairement pensé que j'étais une traînée. Eh bien, allez vous faire voir, Morgan. Je sais que vous pensez que je ne suis pas assez bien pour vous et pour les gens que vous qualifiez d'amis, mais bon sang, je croyais que vous valiez mieux que ça. Je me disais que vous aviez pu apprendre à me connaître, au moins un peu. Suffisamment pour que vous ne concluiez pas automatiquement que je me tapais l'homme marié avec lequel j'étais venu ou même *n'importe quel* homme marié. Est-ce que vous m'avez au moins demandé pourquoi j'étais ici ? Non. Vous avez automatiquement pensé que j'étais une traînée. Merci.

Sa poitrine se souleva lourdement et à sa grande

horreur, elle goûta le sel sur sa langue. Elle s'essuya rapidement le visage, agacée d'avoir piqué une crise.

Bon sang. Elle avait fait toute une scène.

Morgan la choqua en essuyant sa larme du pouce. Ils prirent tous les deux une inspiration, leurs regards se croisant.

— Je suis désolé, répéta-t-il. Je suis tellement désolé que tu aies dû traverser ça.

— Mais vous ne niez pas que c'était ce que vous pensiez, chuchota-t-elle.

Une vague de douleur la traversa, mais elle l'ignora. Elle devait aller de l'avant et grandir. Se sentir encore plus mal à cause des pensées et des actions des autres n'allait pas l'aider.

Morgan jura, puis il prit son visage entre ses mains, les surprenant tous les deux.

— Oui. C'est ce que j'ai pensé.

Elle ouvrit la bouche pour parler, mais il l'arrêta.

— Je le pensais parce que je suis un salaud et que je me sers de mes expériences passées avec les gens autour de moi pour te juger. Les gens ici...

Il souffla.

— Disons juste que les gens, ici, se fichent de l'adultère tant qu'on ne l'affiche pas devant tout le monde et on avait l'impression que c'était ce que tu faisais avec ton ami.

Elle ferma les yeux et s'écarta. Son contact lui avait

manqué, mais elle n'arrivait pas à réfléchir quand il tenait son visage ainsi.

— Je m'en moquais que les autres le pensent.

Elle marqua une pause.

— Enfin, ça m'embêtait un peu, parce que je déteste ceux qui jugent les autres. Mais c'était plus douloureux pour Matt, vous voyez ? Il n'a rien fait de mal, à part amener une amie dans l'antre du lion. Argh ! Les gens sont fous. Mais vous savez ce qui m'a fait le plus mal ?

Elle devrait se mordre la langue pour ne pas dire la suite, mais elle l'avait déjà invité à dîner la veille, alors elle ferait aussi bien de tout déballer.

— Qu'est-ce qui t'a fait le plus mal, ma belle ?

Ma belle ? Elle n'était pas sa belle.

— Ce qui m'a fait le plus mal, c'est que vous pensiez ça de moi. Je... J'étais juste... déçue.

Brisée. Rejetée. Blessée.

Il serra la mâchoire et tendit la main pour la toucher à nouveau, mais il s'arrêta.

— Je regrette que mes actions ou mon manque d'intervention, quand j'aurais dû te défendre, t'aient fait du mal. J'aurais dû savoir que tu n'avais pas ce genre de relation avec Matt. Bon sang, j'aurais dû savoir que Matt ne ferait pas ça. Il aime trop sa femme et n'importe qui peut le voir. Je suis venu te sauver de ma mère puisque personne ne mérite ses sermons et j'ai entendu ce que tu lui disais.

Elle soupira.

— Alors jusqu'à ce moment-là, vous pensiez toujours que j'étais l'amante de Matt ? Est-ce le mot que les gens de votre espèce utilisent ? Amante ?

— Callie...

— Non, ne vous inquiétez pas. Je sais que vous ne vouliez pas vous comporter en salaud, ça vient juste naturellement.

Elle essaya de sourire en le disant, mais elle était presque sûre que cela sortit avec un peu plus d'agressivité qu'elle ne le voulait.

Morgan l'observa avec une expression qu'elle ne pouvait lire et ouvrit la bouche pour dire quelque chose.

— Morgan, te voilà.

La blonde qui était à son bras un peu plus tôt arriva à ses côtés. D'accord, elle arriva à pas feutrés comme un chat protégeant son dernier repas, mais peu importait. Elle s'enroula autour de lui, sa bouche dans une moue boudeuse.

— Tu m'as laissée seule là-bas et je ne savais pas où tu étais parti. Tu sais que Papa ne veut pas que je reste seule.

Callie résista à peine à l'envie de lever les yeux au ciel. Mon Dieu. Était-ce le type de femme que Morgan désirait ? Pas étonnant qu'il l'ait repoussée. Nom de Dieu.

Morgan serra la mâchoire et Callie retint un sourire. Il avait ramené cette femme, alors il allait devoir gérer tout ce que cela impliquait.

— Je t'ai laissée avec tes amies, Heather. Je ne m'étais pas rendu compte que je devais aussi te tenir en laisse.

L'autre femme plissa les yeux, puis regarda directement Callie. Au lieu de se tortiller sous son regard, Callie leva le menton.

— Je vois que c'est moi qui aurais dû *te* tenir en laisse, cracha Heather. À quoi pensais-tu en parlant à cette... cette... traînée ?

Callie prit une grande inspiration. Mais qu'est-ce qui n'allait pas chez ces gens ? Elle n'avait jamais été aussi insultée par des gens qu'elle n'avait jamais rencontrés avant. Cela en disait long étant donné le quartier dans lequel elle avait grandi.

Morgan grogna.

Encore.

De façon assez torride.

Il se retourna vers Heather, s'agrippant à son autre bras.

— Fais attention à ce que tu dis. Je t'interdis de la traiter de traînée. Tu m'as compris ?

La chaleur emplit la poitrine de Callie quand elle

vit qu'il la défendait. Cela ne signifiait pas que tout était pardonné, néanmoins.

Heather écarquilla les yeux, puis bredouilla. Ce qui n'était pas très joli à voir.

— Tu défends cette... personne ?

Le mépris de cette femme pour Callie était clair comme de l'eau de roche.

— Elle n'est pas l'une d'entre nous ! Elle est ici avec ce stupide avocat alors qu'il *devrait* être avec sa femme. Tu connais toutes ces choses. On garde ces petits plaisirs en coulisse. Tu ne fais pas parader ta traînée pour que tout le monde puisse la voir.

Non de Dieu, ces gens étaient épuisants. Callie ne comprenait pas comment ils pouvaient vivre ainsi, et honnêtement, elle ne voulait même pas essayer de comprendre. Même si son corps désirait Morgan, même si elle pensait ressentir une connexion, ça ne valait pas la peine. Elle frotta sa tempe, espérant que Matt reviendrait bientôt pour qu'elle puisse rentrer chez elle.

— Va-t'en, Heather. C'était une erreur.

— Quoi ? Comment *oses*-tu ? Je vais le dire à ta mère.

Morgan ricana.

— Vas-y. J'ai quarante ans, putain, ma grande. Tu penses vraiment que cela m'intéresse ce que ma *mère* dit ?

— Tu m'as bien amenée avec toi, non ?

Il risqua un coup d'œil à Callie qu'elle ne put interpréter.

— Je t'ai seulement amenée parce que j'essayais d'oublier quelqu'un. Clairement, ça n'a pas fonctionné.

Callie cligna des yeux. Était-il en train de parler d'elle ? Elle ne savait pas quoi en penser. D'un côté, le fait qu'il ait tant pensé à elle la réchauffait. Néanmoins, le fait qu'il ait emmené Heather en rendez-vous pour l'oublier... eh bien, c'était nul. Peut-être qu'elle n'avait pas les épaules pour ça, après tout.

— Callie, te voilà.

Matt arriva à leurs côtés.

Oh, génial, maintenant tout le monde était réuni pour la grande fête.

Matt fronça les sourcils en les observant tous les trois, puis il tendit une main à Morgan. Qu'on ne dise jamais que Matt n'était pas un homme gracieux.

— Bonjour. Morgan McAllister, c'est ça ? Je suis Matt Loren.

Morgan ne sourit pas lorsqu'il serra la main de Matt, mais il ne sembla pas non plus agacé par cette interruption.

— Bonjour, Matt, ravi de vous rencontrer enfin.

Matt les scruta tous les trois, continuant de froncer les sourcils.

— Est-ce que j'interromps quelque chose ?

— Non, répondit Callie.

— Oui, dirent Morgan et Heather au même moment.

Matt haussa les sourcils, mais ne leur posa aucune question.

— D'accord.

Il se retourna ensuite vers Callie.

— Je suis désolé, ma belle, on va devoir rentrer plus tôt que prévu.

Merci mon Dieu. Puis elle réfléchit à ce qu'il venait de dire et elle s'agrippa à son bras.

— Est-ce que Virginia va bien ?

Mon Dieu, que faisait-elle ? Est-ce que la grippe de Virginia s'était aggravée ?

Matt afficha un petit sourire.

— Elle va bien. Enfin, elle ne va pas pire, en tout cas.

Il baissa les yeux vers ses chaussures et rit doucement.

— C'est juste qu'elle me manque. Oui, je suis un sentimental. Vous pouvez me juger. Je n'aurais pas dû venir ici, Callie. Tu le sais. Je déteste qu'elle soit malade et que je ne puisse pas l'aider, mais ne pas être à ses côtés, ça rend le tout encore pire. Je vais rentrer et te déposer, d'accord ?

Elle passa un bras autour de lui et le serra contre

elle, bien consciente qu'Heather et Morgan les observaient.

— Tu es quelqu'un de bien, Matt. Ne t'inquiète pas pour moi, d'accord ? J'habite à l'opposé de chez toi et c'est stupide que tu prennes le temps de me raccompagner quand Virginia t'attend. Je t'ai seulement laissé passer me prendre parce que Virginia a insisté. Je vais prendre un taxi. Rentre et va prendre soin de ta femme.

— Tu en es sûre, ma belle ? demanda-t-il avec des yeux pleins d'espoir.

— Bien sûr, idiot. Va rejoindre ta femme et arrête de t'inquiéter pour moi. Je gère.

— Je la reconduirai chez elle.

Callie se figea après les paroles de Morgan, puis leva les yeux vers lui, les sourcils haussés.

— Vous en êtes sûr ? s'enquit Matt.

Morgan acquiesça, les yeux posés sur Callie, plutôt que sur l'avocat.

— Allez rejoindre votre femme. Vous êtes un homme bien si vous voulez être avec elle. Je vais prendre soin de Callie.

Un frisson délicieux traversa sa colonne quand elle entendit ses mots.

C'est mauvais, Callie. Mauvais.

— De quoi ? hurla Heather.

Morgan la fit taire d'un regard, puis se tourna vers Matt.

— Rentrez chez vous. Je gère.

Matt soupira puis embrassa Callie sur la joue.

— Merci. Appelle-moi quand tu seras rentrée. D'accord ?

Il lui lança un regard lui indiquant qu'il voulait connaître toute l'histoire plus tard, et elle sourit. Oui, elle allait devoir gérer cette inquisition à un moment. Il se pencha pour chuchoter :

— Si tu veux que je t'attrape un taxi, on peut s'enfuir en courant.

Elle rit doucement.

— Je vais bien.

Matt acquiesça et lui dit au revoir avant de partir. Qu'est-ce que Callie ne donnerait pas pour recevoir autant d'amour et de dévotion.

— Tu ne vas *pas* la reconduire chez elle. Tu es avec moi. Que vont dire les gens ?

Est-ce que Heather était vraiment en train de *bouder* ?

Callie ferma les yeux. Elle ne voulait pas avoir à gérer cette femme.

— Je me moque de savoir ce que les gens vont dire, Heather, répondit simplement Morgan. Après tout, c'est toi qui t'en inquiètes. Va voir ma mère, puisque c'est elle qui t'a conduite jusqu'ici, de toute façon.

Callie haussa les sourcils. Ils n'étaient pas venus ensemble ? Intéressant.

— C'est elle qui voulait que tu viennes, donc tu peux t'occuper d'elle.

— Tu es un salaud, cracha Heather.

Morgan ne cligna pas des yeux.

— Oui. Oui, je le suis. Tu devrais t'en souvenir. On ne se joue pas si facilement de moi. Maintenant, je vais raccompagner Callie chez elle, puisqu'elle a eu une soirée suffisamment difficile à cause de nous.

Heather lança un regard noir à Callie, puis partit d'un pas lourd, sans doute pour colporter les escapades sexuelles de Callie.

Lorsqu'ils furent seuls, la jeune tatoueuse ne put regarder Morgan. Elle ne savait pas quoi en penser. Tellement de choses s'étaient produites en si peu de temps et pourtant, il ne s'était pas passé assez d'événements. Elle ne connaissait pas du tout cet homme.

— Vous n'êtes pas obligé de me raccompagner chez moi, vous savez. Je peux juste prendre un taxi. Je sais que vous rendiez juste service à Matt.

— Non, je m'inquiétais plus pour toi. Et je *vais* te raccompagner chez toi.

— Vous ne pouvez pas me dire ce que je dois faire, déclara-t-elle en le regardant.

Il saisit le menton de la jeune femme, brusquement.

— Ah bon ?

Elle ouvrit la bouche, mais ne put parler.

C'était ce qu'elle redoutait. Elle voulait qu'il lui donne des ordres, elle voulait qu'il lui dise quoi faire, comment le satisfaire.

Mais si elle le laissait faire, que perdrait-elle ?

Il laissa son autre main dériver sur son bras et attrapa ses doigts.

— Je vais prendre soin de toi, Callie. Laisse-moi te raccompagner. Il ne se passera rien d'autre ce soir.

Elle déglutit difficilement et acquiesça.

Elle se demanda à nouveau : que pouvait-elle perdre d'autre ?

Tout, songea-t-elle. *Tout.*

CHAPITRE SIX

MORGAN FAISAIT PROBABLEMENT UNE ERREUR, mais il ne pouvait pas s'en empêcher. Callie était assise, immobile, sur le siège passager de sa voiture, son attention focalisée sur la route devant eux, plutôt que sur lui. De temps en temps, elle faisait glisser ses doigts sur sa cuisse et Morgan s'agrippait alors davantage au volant avant qu'elle se rende compte de ce qu'elle faisait et arrête donc de le faire.

C'était une pure torture.

Non seulement il s'était comporté en véritable abruti au gala quand il l'avait jugée si durement, mais il avait ensuite insisté pour la ramener chez elle. Il espérait qu'elle lui pardonnerait pour la façon dont il avait d'abord agi, puisqu'il n'avait pas dit des choses cruelles à voix haute, comme les autres. Même si le fait qu'il ne l'ait pas défendue tout de suite en disait long. Qu'il soit maintenant, enfermé avec elle dans un petit espace confiné avec elle, son odeur infiltrant ses sens et lui donnant envie de se garer pour goûter chaque centimètre délicieux de son corps, n'arrangeait rien.

Quand Matt avait dit qu'il avait besoin de partir, Morgan avait sauté sur l'occasion d'être seul avec Callie... pour prendre soin d'elle. Il n'avait pas réfléchi à deux fois à ce que cela signifierait et ne s'était pas demandé qui les écoutait avant qu'il soit trop tard. Il savait qu'il devrait gérer Heather et sa mère à un moment, mais il repoussa cette idée loin de son esprit. Leur haine ne pourrait être évitée et il la laisserait glisser sur lui, comme il l'avait fait par le passé avec sa famille et les femmes de son entourage.

Après qu'Heather fut partie d'un pas lourd, il avait mené Callie jusqu'à sa voiture et n'avait su quoi dire. Ça ne lui ressemblait pas et il n'était pas sûr de vouloir que cela se reproduise. Cette femme embrouillait ses sens et pourtant il voulait qu'elle continue. Quelque chose clochait clairement chez lui.

Elle n'avait pas dit un mot en s'arrêtant à côté de son Audi, haussant simplement les sourcils puisque oui, c'était un modèle de luxe, mais loin d'être l'un des plus chers sur le parking du voiturier. Il n'était pas comme les autres, néanmoins il aimait son confort. Après avoir donné son adresse, elle s'était mise face au pare-brise et ne lui avait plus parlé.

Il ne savait pas quoi dire ou même comment briser le silence. Ce n'était pas gênant à proprement dit, mais il préférait savoir ce qu'ils feraient ensuite. Le fait qu'il la ramène chez elle, qu'il ait touché son visage plus d'une fois, et qu'il ait parlé honnêtement pour la première fois depuis qu'il l'avait rencontrée ne permettait aucun retour en arrière. Pas vraiment. Elle était trop jeune pour lui, trop innocente, mais il voulait tout de même explorer ce qu'ils avaient. Ils allaient devoir parler.

Cette soirée semblait aussi idéale qu'une autre.

Il se gara dans son allée et éteignit son moteur. La maison de la jeune femme le surprenait, pourtant, il savait que cela n'aurait pas dû être le cas. Elle vivait dans une vieille petite maison, avec des voisins proches de chaque côté. Néanmoins, les arbres et la verdure autour de la propriété donnaient une impression de vie privée. Elle avait un petit porche avec deux chaises et une table entre les deux. Son jardin semblait bien entretenu, même si la maison avait peut-être besoin d'un bon ravalement de façade. Ce n'était pas l'un des quartiers flambant neufs de Denver, mais ce n'était pas non plus une zone abandonnée. Callie était peut-être jeune, mais elle se débrouillait très bien.

Même s'il pensait en savoir assez pour la repousser, il ne la connaissait clairement pas du tout et c'était quelque chose qui allait devoir changer. Peut-être qu'il devrait écouter son instinct.

— Merci de m'avoir raccompagnée, dit-elle doucement avant de se tourner pour sortir de la voiture.

Il la devança, la rejoignant devant la portière quand elle lissa sa robe.

— Nous devons parler, déclara-t-il d'une voix rauque.

Peut-être qu'il aurait dû le demander, plutôt que de l'imposer, mais ce n'était pas le genre de personne qu'il était. Il était trop vieux pour tourner autour du pot.

Ce n'était juste pour aucun d'eux.

Il scruta son regard avant d'acquiescer.

— D'accord. Viens. Je dois enlever ces chaussures de toute façon.

Il la suivit, son regard sur ses fesses lorsqu'il avança. Il ne pouvait s'en empêcher. Elle avait un cul fantastique. Lorsqu'il entra, il examina sa maison. La porte d'entrée menait au salon, qui était rattaché à la cuisine. Directement en face de lui se trouvait un couloir avec trois portes, probablement la salle de bain et deux chambres. Tout semblait d'occasion, usé, mais soigné. Des œuvres d'art couvraient les murs, des photos de ses amis et probablement de sa famille étaient éparpillées dans le salon.

— Ce n'est pas grand-chose, mais c'est mon chez-moi.

Il la regarda droit dans les yeux et hocha la tête. Elle leva le menton, néanmoins ses épaules se détendirent.

— C'est adorable. Vraiment.

Il y réfléchit un moment.

— J'ai l'impression que c'est toi. C'est chaleureux. Accueillant.

Il n'était pas toujours doué avec les mots, mais il devait s'assurer qu'elle sache qu'il ne la jugeait pas. Tout sauf ça, en fait.

Elle sembla troublée un moment, avant de secouer la tête.

— Oh. Eh bien, merci.

Elle laissa échapper un petit rire.

— Tu me troubles toujours.

Il sourit et fit un pas vers elle. Puis un autre. Elle écarquilla les yeux quand il se retrouva juste en face d'elle.

— J'aime te faire cet effet.

Il avait envie de l'enivrer par sa présence, lui donner envie d'avoir plus, de désirer plus. Bon sang, il devait ralentir, mais il n'y arrivait pas. Même pas à ce moment-là, peut-être jamais.

Elle ferma les yeux.

— Tu me troubles.

— Je me trouble moi-même, confia-t-il avant de souffler. Quel âge as-tu ?

Il avait peur de la réponse.

— Vingt-cinq ans, répondit-elle avec un sourire désabusé. Et puisque tu l'as hurlé à Heather, je sais que tu as « quarante ans, putain ».

Il aurait bien ri, mais il ne pouvait plus respirer. Nom de Dieu, il s'était imaginé qu'elle était jeune, mais entendre son âge...

— Ça fait quinze ans.

— Je sais faire le calcul, mais tu sais quoi ? Je suis majeure. Je peux boire de l'alcool. J'ai une bonne assurance voiture, puisque j'ai passé le cap du quart de siècle, et je suis propriétaire de cette maison.

Elle marqua une pause.

— Enfin, la banque est propriétaire d'une grande partie, mais j'ai eu le droit d'avoir un prêt puisque j'ai un bon solde.

Elle plissa le nez.

— Je m'éloigne du sujet. Si la différence d'âge te dérange vraiment, alors je te verrai à la boutique pour finir ton tatouage. Sans rancune.

Il grogna doucement. Il commençait à durcir. Apparemment, elle lisait dans son esprit, puisqu'elle fit un sourire narquois avant de baisser les yeux vers son entrejambe. Elle écarquilla les yeux et lui lança également un petit sourire.

Après avoir soufflé une seconde fois, il saisit le menton de la jeune femme et l'obligea à le regarder.

— Je te veux, Callie. Je ne vais pas mentir. J'ai eu envie de toi au moment où je suis entré à *Montgomery Ink*.

Elle ouvrit la bouche pour parler quand il mit plus de pression sur son menton.

— Laisse-moi parler en premier. Je t'ai repoussée et j'ai agi comme un crétin plus d'une fois, parce que oui, je suis plus vieux que toi et je ne pense pas que tu puisses supporter ce que j'ai à donner.

Elle plissa les yeux.

— Tu ne le sauras pas à moins d'essayer.

Il aimait son cran.

— Je sais. C'est pour ça qu'on va prendre le risque. Tu es partante ?

Elle déglutit difficilement et retint son souffle.

— J'en ai envie. Tu le sais. C'est moi qui ai fait le premier pas.

Il passa son autre main dans ses cheveux, puis les enroula autour de son poing, tirant assez fort pour avoir un meilleur contrôle. Elle laissa échapper une petite exclamation, son regard s'assombrissant.

Sa petite Callie aimait ça.

Bien.

— Je vais faire le suivant. Ça ne sera pas ce soir, pas quand tu as passé un moment si difficile avec les crétins que nous sommes, mais bientôt, Callie. Bientôt.

— Qu'est-ce que tu veux dire ? Qu'est-ce qui va arriver ?

Il relâcha son menton pour pouvoir tracer ses lèvres du doigt. La langue de la jeune femme ressortit et il retint un grognement. Il avait vraiment hâte d'avoir cette bouche sur sa verge.

— On va y aller doucement au début, ensuite je vais découvrir exactement la sensation de ton corps sous le mien quand je te baiserai. Je veux en savoir plus sur toi, Callie Masters.

— Je... Je le veux aussi.

— Bien.

Il se pencha pour que ses lèvres soient à un souffle d'elle. Il la sentait trembler sous lui et cela le fit vibrer. Bon sang, il avait envie d'elle. Il laissa sa bouche l'effleurer deux fois, appréciant la façon dont son souffle se coupait à chaque coup de langue avant de l'embrasser passionnément. Elle gémit contre sa bouche, sa langue caressant la sienne de façon incertaine. Il tira plus fort sur ses cheveux pour que sa tête soit en arrière et qu'il ait le contrôle. Le corps de la jeune femme s'enfonça davantage contre le sien et il approfondit le baiser, se délectant de sa douce saveur.

Sachant qu'il allait devoir y mettre fin avant qu'ils

aillent trop loin, trop rapidement, il recula. Ils haletèrent tous les deux.

— C'est juste un avant-goût.

— Morgan...

Il l'embrassa sur la tempe, puis la libéra. Elle trembla légèrement et il la stabilisa, la berçant contre son torse.

— Je vais bien, haleta-t-elle.

Il sourit contre ses cheveux. Il la prit dans ses bras, avança jusqu'au canapé et la posa sur les coussins.

— J'aime que tes genoux faiblissent quand tu penses à moi, dit-il avec un sourire narquois.

Elle plissa les yeux.

— Je vais bien. Il n'y a rien de faible chez moi.

Il acquiesça.

— Je sais. C'est une des raisons pour lesquelles je t'apprécie.

Il lui tapota le genou, puis se leva.

— Quand je pars, ferme à clé derrière moi. Je te verrai à notre prochaine séance et on peut ensuite parler de tout ce que ça implique. Tu comprends, ma jolie ?

Elle hocha la tête, son regard toujours assombri par le désir.

— Bien.

Il la laissa là, dans sa petite maison qui avait son odeur, un sourire sur le visage.

Bien.

CHAPITRE SEPT

— CRÉTIN !

Morgan ferma les yeux, sachant que ce foutu mal de tête ne le quitterait pas. Et par mal de tête, il voulait parler de sa mère, pas simplement du tambourinement dans ses tempes. Aucune dose d'aspirine ne ferait taire cette femme. S'il raccrochait, son assistant souffrirait. Pire, sa mère viendrait probablement au bureau une fois qu'elle en aurait eu assez d'être ignorée au téléphone. Il n'y avait pas grand-chose de pire que de se faire passer un savon par une femme de soixante ans sur son lieu de travail.

— Que puis-je faire pour toi, mère ?

— Tu sais ce que tu peux faire : t'excuser auprès d'Heather tout de suite.

— Et pourquoi le ferais-je ?

Il coinça son téléphone contre son épaule et se remit à travailler sur les documents devant lui. Ce n'était pas parce que sa mère pensait que c'était le bon moment pour lui hurler dessus et le traiter de mauvais fils qu'il pouvait tout laisser tomber et la laisser faire.

La laissant hurler au téléphone, pensant qu'il écoutait d'une oreille, semblait être une meilleure idée. Avant, elle avait l'habitude de passer presque tous les jours jusqu'à ce qu'il se montre ferme avec elle. Cela faisait une décennie et, au moins d'après ses associés, elle n'avait fait que devenir plus effrayante.

— Comme je l'ai dit, tu es un crétin. Tu laisses une femme parfaite te filer entre les doigts parce que tu n'arrives pas à te débrouiller tout seul.

Il cligna des yeux. Euh, il n'était pas certain d'avoir déjà entendu ça auparavant.

— Je ne sors pas avec Heather. Tous les trois, nous le savions quand j'ai accepté de l'emmener au gala. En fait, techniquement, je ne l'ai pas emmenée. C'est toi qui l'as fait. Je n'ai fait que me montrer pour la laisser parader auprès de moi quelques heures.

Il grimaça. Maintenant, il parlait comme un salaud cruel. Autant il n'aimait pas Heather et ses amies, autant il n'était pas du genre à se montrer mesquin.

— C'est elle que tu dois épouser. J'ai besoin d'héritiers.

Sa mère aurait été parfaite dans la société sous la

régence anglaise. Néanmoins, ce n'était *plus* l'époque et il en avait assez de ses jeux.

— Tu as des héritiers. Tu en as beaucoup. Ou peut-être que tu as oublié les enfants de tes filles.

Elle souffla.

— Des gosses pourris gâtés. Voilà ce qu'ils sont.

Eh bien, il ne pouvait pas la contredire sur ce point.

— Je ne vais pas me marier ou avoir des enfants avec une femme que tu m'imposes. Tu n'as pas encore trouvé le moyen de m'obliger à le faire et ça n'arrivera pas non plus à l'avenir.

Dire oui à Heather avait été idiot, mais cela ne l'éloignerait pas de son but.

Callie.

Il pouvait encore sentir son odeur sur lui, même s'il s'était douché deux fois la veille. Ils s'étaient à peine embrassés et pourtant, il n'arrivait pas à se la sortir de la tête. Bon sang, il avait hâte de la revoir.

— Elle est trop jeune pour toi, Morgan, dit calmement sa mère.

Cela ne présageait rien de bon. Si elle était calme, cela signifiait qu'elle planifiait quelque chose qui lui retomberait dessus plus tard.

— Ça ne te regarde pas.

Il ferma les yeux, son mal de tête s'aggravant.

— La façon dont tu as agi hier soir, mère, était une

honte, soit dit en passant. Peu importe pour qui tu te prends, à traiter les gens ainsi, à essayer de les humilier pour qu'ils se sentent plus petits, tu n'as aucun droit de jugement.

— J'ai *tous* les droits. Je vais m'assurer que ce garçon ait ce qu'il mérite pour l'avoir fait entrer dans nos vies.

Callie était dans sa vie longtemps avant cela, mais il devait dévier la conversation.

— Si tu touches à Matt ou à quoi que ce soit en rapport avec lui, je te le ferai regretter.

Elle resta silencieuse un moment et il grinça des dents.

— Fais comme tu veux. Je ne l'oublierai pas, dit-elle.

Lui non plus n'oublierait pas.

Il raccrocha et se frotta les yeux. Bon sang. Il avait trop de travail et maintenant, il était d'une humeur trop massacrante pour s'y mettre. En aucun cas, il ne pourrait travailler aujourd'hui. Après avoir dit à son assistant surpris qu'il partait plus tôt aujourd'hui, il monta dans sa voiture et partit en ville. Avant qu'il se rende compte de ce qu'il faisait, il se gara sur le parking de *Montgomery Ink* plutôt que d'aller chez lui.

Mais que diable faisait-il ici ? Il avait besoin de faire une sieste, d'aller marcher ou autre chose dans le genre. Il n'avait pas de rendez-vous ce jour-là et il ne savait même pas si elle était présente. Ce n'était pas comme si Callie et lui se fréquentaient. Il n'y avait qu'une promesse de plus pour l'avenir. Elle n'était pas là pour l'apaiser et il savait bien qu'il ne pouvait compter sur personne d'autre.

On frappa sur sa vitre, ce qui le fit sursauter, et il se tourna, voyant Callie.

Son corps se raidit immédiatement.

Il baissa les fenêtres et soupira.

— Salut.

Il sourit doucement.

— Salut, tu es de retour. Comment ça va ?

Il posa la tête contre son siège.

— Je ne sais pas.

Callie se pencha davantage, fronçant les sourcils. Elle tendit la main, suivant les marques sur son front. Il grogna doucement et tendit la main, saisissant son poignet.

Elle prit une inspiration, croisant son regard.

— Tu... on dirait que tu as une migraine. Qu'est-ce qui ne va pas ?

Il embrassa le bout de ses doigts, puis la relâcha. Elle recula et il ouvrit la portière pour la voir entièrement. Lorsqu'il tendit à nouveau la main vers elle, elle mit un genou à terre pour être au même niveau que lui.

— J'ai eu une migraine et je suis parti plus tôt. Je... Je ne sais pas pourquoi je suis là, en fait.

Il pouvait sentir ses joues se réchauffer et il était sûr qu'il était en train de rougir. C'était quoi ce délire ? Il n'était pas du genre à rougir. Il ne montrait pas de faiblesse. Comme Austin l'avait dit un jour, Morgan était un vieux con dominateur. Ça ne lui ressemblait pas.

Le regard de Callie s'illumina et elle acquiesça.

— D'accord. J'ai pris le bus aujourd'hui, puisque je travaillais tôt, mais si tu veux, je peux te raccompagner chez toi.

Elle rougit avant d'ajouter :

— Juste pour m'assurer que tu vas bien et pour m'occuper de ta migraine.

Il gloussa d'une voix rauque en la voyant rougir.

— Oh, vraiment ?

— Pas comme ça, pervers. Même si j'ai entendu dire que le sexe aidait avec les maux de tête. Non, je vais te faire manger, puis te faire un massage. Avant de travailler ici, je suis allée en école d'esthéticienne, alors je sais ce que je fais.

L'idée d'avoir les mains de Callie sur lui le raidit pour une tout autre raison.

Il s'éclaircit la gorge.

— Je crois que j'aimerais bien ça.

Elle sourit à nouveau.

— Bien. Tu peux conduire ?

— Je crois que je peux y arriver, répondit-il sèchement.

Elle leva les yeux au ciel et contourna la voiture pour aller sur le siège passager.

— Je suis ravie que tu sois venu ici, dit-elle doucement.

Il tendit la main et saisit la sienne.

— J'en suis ravi aussi.

— Je n'arrive toujours pas à me remettre du fait qu'Austin a un fils, déclara Morgan un peu plus tard.

Il s'assit sur le canapé, posant les pieds sur la table basse, Callie à ses côtés.

Ils étaient là depuis environ une heure et ils avaient déjeuné avant de se détendre dans son salon. Elle n'avait pas encore demandé si elle pouvait le masser et il n'était même plus sûr d'en avoir besoin. Être chez lui avec Callie à ses côtés, rendait la situation bien meilleure. C'était une chose à laquelle il allait devoir réfléchir, plus tard.

— Je sais. C'est étrange de penser qu'il a perdu autant d'années avec Leif, mais les choses vont mieux maintenant. Du moins, je le crois.

Il avait passé un bras autour des épaules de la jeune femme et laissait ses doigts jouer sur son bras, profitant du calme pendant qu'ils... restaient simplement assis. D'habitude, il était constamment sur la brèche, faisant au moins cinq choses en même temps s'il le pouvait. C'était agréable de ne pas avoir autre chose de prévu que ce qui *pourrait* se passer.

Tous les deux, ils avaient besoin de parler de ce qu'il y avait entre eux, mais il ne voulait pas briser la paix et le calme entre eux. Il n'était pas vraiment sûr d'avoir déjà ressenti ça auparavant. Elle avait pris soin de lui comme une soumise le ferait, le chouchoutant simplement et soupirant joyeusement quand il la remerciait avec des mots, de petites caresses et des baisers.

Il voulait savoir quelle serait la sensation de son corps contre lui. Il y avait plus chez lui que ce que les gens voyaient et il avait le sentiment que Callie s'en rendrait compte. Elle n'était pas névrosée, mais elle avait une certaine tension qu'il voulait soulager. Pour le faire, il devait découvrir comment fonctionnait son esprit, comment elle voulait être aimée, baisée et calmée.

Son entrejambe se resserra et il passa sa langue sur ses dents. Apparemment, ils avaient besoin de parler plus tôt qu'il ne le pensait, puisqu'il ne tiendrait plus longtemps.

— Tu as pensé à hier soir, petite Callie ?

Elle se tourna vers lui, les yeux écarquillés. Il

observa sa réaction, l'élévation de sa poitrine, la façon dont ses tétons s'appuyaient contre le haut qu'elle portait. Elle donna un coup de langue sur sa lèvre inférieure et il fallut à Morgan tous les efforts du monde pour ne pas suivre cette traînée mouillée avec sa propre langue.

— Oui. Un peu.

Elle rougit.

— D'accord, beaucoup. Mais je ne suis pas sûre de savoir ce que tu veux de moi. Tout s'est terminé assez brusquement, hier soir.

Il acquiesça.

— C'est vrai. Nous avions tous les deux besoin de temps pour réfléchir. De temps pour nous assurer que ce n'était pas juste sur le moment, que nous voulions quelque chose de plus.

— Et... est-ce que c'était le cas ?

Il inclina la tête et tendit la main pour effleurer son téton avec ses articulations. Elle prit une inspiration et il sourit devant sa réaction.

— C'était une promesse de ce qui nous attendait.

Il devait également dire à voix haute ce qu'il pensait ensuite. Il ne voulait pas l'effrayer, mais ce serait peut-être le cas s'il ne parlait pas tout de suite.

— Dis-moi, petite Callie, es-tu aussi soumise que tes réactions semblent le montrer ?

Elle cligna des yeux.

— Tu veux dire soumise dans le sens où toi, tu es un dominateur ?

Il acquiesça. Bien. Elle connaissait au moins l'idée. Il avait été capable de dire qu'elle était une soumise, dès la première fois qu'il l'avait vu, mais cela ne signifiait pas qu'elle connaissait tout à ce sujet.

— Oui. Je suis un dominateur.

Elle souffla.

— C'est ce que je me disais, tu sais. Tu suintes le contrôle.

Il lui sourit.

— Ravi de savoir que je n'ai pas perdu la main.

Il prit son visage en coupe, laissant son pouce tracer le contour de sa joue.

— Je ne le suis plus en soirée. Je ne vais pas dans les clubs ou dans les fêtes, ni rien de ce genre. Cela ne me correspond pas. Je ne suis pas non plus à fond dans les relations maître/esclave. J'aime avoir le contrôle dans la chambre à coucher, mais en vieillissant, j'ai remarqué que je n'ai pas besoin de tous les extras qui vont de pair avec ça.

Elle fronça les sourcils et il continua :

— Je n'aime pas faire mal, à part avec les fessées.

Son souffle se coupa et il réprima un sourire. Sa petite Callie aimait l'idée d'avoir sa main sur les fesses. Bien.

— Qu'est-ce que tu aimes ?

Avec le temps, il le découvrirait au travers des réactions de la jeune femme, mais la communication était la clé.

Elle plissa les yeux, puis acquiesça.

— Eh bien, tout ce que tu dis est plus ou moins en phase avec mes propres envies. Je n'aime pas le fouet, ou l'humiliation ou beaucoup des choses qui se passent dans les clubs. Ces fantasmes sont bons pour les autres, mais j'aime surtout être capable d'abandonner le contrôle et laisser l'autre personne me dire quoi faire. Comme ça, je peux suffisamment leur faire confiance non seulement pour qu'il s'occupe de ma sécurité, mais pour qu'ils me fassent jouir de la meilleure façon possible.

Elle sourit alors.

— Je ne suis pas timide, malgré le fait que j'essaie constamment de ne pas dire à voix haute tout ce que je pense. J'aime quand quelqu'un m'attache, puisque cela décuple mes autres sens. Ça ne signifie pas que je laisserai n'importe qui m'attacher.

Il aimait qu'elle soit honnête sur ses besoins. Le fait que ces besoins correspondent aux siens était encore mieux.

— On va coucher ensemble ce soir, Callie. On en a tous les deux envie.

Elle acquiesça, son regard assombri par l'envie.

— Mais je n'ai pas envie que ce soit juste ce soir.

Il devait lui faire comprendre.

— Je ne couche plus avec les femmes juste pour un soir, ajouta-t-il. Je suis passé au-delà de ça.

Parler d'anciennes partenaires sexuelles n'était peut-être pas la meilleure chose à faire, mais il avait besoin qu'elle comprenne.

— Quand on est ensemble, il n'y a que nous. Personne d'autre.

Elle déglutit difficilement, mais se détendit en entendant ses mots.

— Tant mieux, parce que je ne partage pas.

Elle se mordit la lèvre, voulant apparemment ajouter quelque chose, mais elle se retint.

Il soupira.

— Tu dois me dire ce que tu penses. Malgré ce que les gens imaginent, les dominateurs ne peuvent pas lire dans les esprits.

Elle ricana.

— Je veux une relation, je ne veux pas que ce soit simplement du sexe.

Voulait-il sortir avec elle et pas simplement la baiser ? Dit comme ça, c'était un peu cru et il n'était pas un tel salaud. Honnêtement, il ne s'était pas dit qu'une fois qu'elle lui aurait cédé, ils ne seraient pas dans une *véritable* relation.

Encore une fois, ils étaient au moins en phase.

— Je suis d'accord avec toi.

Elle se détendit à nouveau.

— Ce n'est pas parce que j'ai envie de t'attacher et de te fesser que j'ai envie de me servir de toi.

Elle se lécha les lèvres. Il avait le sentiment que s'il posait une main sur le sexe de la jeune femme à cet instant même, elle serait tellement mouillée qu'il pourrait glisser directement en elle. Sa petite Callie aimait penser à ce qu'il voulait lui faire. Oh que oui !

— Alors on est d'accord ? On va de l'avant ?

Elle leva les yeux au ciel.

— On dirait une négociation, pas des préliminaires avant de se déshabiller.

Il fut obligé de rire.

— Callie, chérie, c'*est* une négociation. Allez de l'avant, avec les yeux grand ouverts, c'est ce qui nous permet de rester en sécurité. En parlant de sécurité, même si on ne va pas aller très loin dans le concept de la douleur, je veux que tu utilises un mot de passe si jamais on dépasse tes limites. « Rouge » fera l'affaire si tu veux que je te détache ou que j'arrête de te fesser. « Jaune », c'est si je flirte avec tes limites. Je vais peut-être continuer si j'ai le sentiment que tu te bloques toute seule, mais ça n'arrivera pas avant qu'on se connaisse mieux.

Elle donna un petit coup dans sa main et il retint un grognement.

— Ça me semble bien.

Elle se lécha les lèvres à nouveau.

— Tu veux toujours ton massage ?

Il était tellement dur que si elle le touchait, il allait jouir comme un adolescent inexpérimenté. Il se pencha en avant, déposant un doux baiser sur ses lèvres.

— La prochaine fois, chuchota-t-il.

— Mais... mais et ta migraine ?

Il sourit.

— Je me dis qu'on peut trouver une autre façon d'apaiser la tension.

Elle rit doucement contre lui.

— J'aime ce que tu dis.

Il se leva, son corps était prêt. Lorsqu'il tendit la main, elle lui donna la sienne sans aucune hésitation. Il acquiesça d'un air appréciateur et la mena vers la chambre. Il remarqua que le regard de la jeune femme parcourait sa maison et il savait qu'à un moment, il devrait lui faire visiter comme il se devait. Mais à cet instant, tout ce qu'il souhaitait, c'était explorer le corps de la jeune femme, et non lui faire explorer l'endroit où il vivait.

Callie resserra sa main quand ils entrèrent dans la chambre. Lorsqu'ils arrivèrent au bord du lit, il se retourna pour lui sourire.

— Ça va, mon petit cœur ?

Elle hocha la tête, même s'il vit l'hésitation dans son regard.

— Ne me mens pas, ordonna-t-il sans aucune méchanceté. C'est la pire chose que tu pourrais me faire.

Il haïssait les menteurs et appréciait que Callie ait toujours été franche avec lui, même quand cela aurait pu la blesser.

— Pourquoi as-tu changé d'avis ? demanda-t-elle doucement.

Il soupira.

— Je me suis comporté en idiot. Je me suis dit que si je te repoussais, tu resterais loin de moi. Je pensais que tu étais trop jeune pour moi, trop peu expérimentée.

Elle acquiesça.

— Je ne suis pas si jeune. Quinze ans de différence, ça ne veut rien dire pour la personne que je suis maintenant. Et j'ai plus d'expérience que j'en ai l'air.

Il fit glisser une main sur le bras de la jeune femme. Il ne voulait pas penser aux hommes qu'elle avait fréquentés avant, mais le fait qu'elle ait déjà vécu certaines des choses qu'il voulait lui faire signifiait qu'avec un peu de chance, il ne lui ferait pas peur. Elle était suffisamment *femme* pour le prendre et c'était tout ce qui comptait. Il fit exprès de ne pas penser à l'avenir et à ce que cela voudrait dire s'ils restaient ensemble plus longtemps. Ils n'en étaient qu'au début et s'inquiéter de ce qui se produirait s'ils entamaient une relation sérieuse ne leur ferait que du mal.

Au lieu de ça, il posa une main derrière la tête de Callie et l'embrassa. Ardemment. Il emmêla sa langue avec celle de la jeune femme, prenant sa bouche comme il le ferait bientôt avec son sexe. Elle gémit contre lui et il saisit sa poitrine de l'autre main. Elle s'exclama et il laissa le poids de ses seins remplir sa paume. Il avait hâte de découvrir la couleur de ses tétons, de les goûter. Elle était tellement réactive qu'il voulait savoir si elle pouvait jouir rien que lorsqu'il jouait avec ses tétons.

Il avait le sentiment que oui... et qu'elle adorerait ça.

Il s'éloigna, la laissant haleter, ses lèvres gonflées après ces baisers. La prochaine fois, elles seraient gonflées après avoir sucé sa verge. Il retint un grognement en l'imaginant à genoux, une main dans ses cheveux quand il la retiendrait en lui baisant la bouche, jouissant au fond de sa gorge. Cela devrait attendre la prochaine fois. Ce soir, il voulait la satisfaire, la faire jouir encore et encore jusqu'à ce qu'elle soit trop épuisée pour bouger.

— Déshabille-toi, ordonna-t-il quand il reprit le contrôle.

Elle n'hésita pas à passer son haut par-dessus sa

tête. Merde. Oui. Cette petite soumise serait parfaite pour lui. Il le savait.

Il croisa les bras sur son torse, son regard posé sur elle, quand elle effectua un mouvement sensuel et fluide. Elle détacha son pantalon avant de le faire descendre sur ses jambes. Il ne lui restait qu'un soutien-gorge en dentelle qui ne couvrait pas grand-chose, ainsi qu'un string bas sur ses hanches.

Elle leva des yeux pleins d'espoir vers lui et il fronça les sourcils.

— Déshabille-toi entièrement, petite Callie.

Elle acquiesça et détacha son soutien-gorge. Il tomba vers l'avant et elle le rattrapa avant de le balancer par terre.

Tellement. Parfaite.

Il se contint pour ne pas la toucher. Ce n'était pas le moment.

Ses tétons étaient d'une taille parfaite, pas trop gros ni trop petits. Il était le genre d'homme à aimer les seins, mais il n'avait pas besoin qu'ils soient énormes pour prendre son pied. Non, ce dont il avait besoin, c'était de la réactivité. L'air était frais dans la pièce et il espérait que sa présence allait faire durcir ses tétons, qui deviendraient de petits pics roses. Sa poitrine était haute, ronde et appelait sa bouche.

Bientôt, se disait-il. Bientôt.

Lorsqu'elle se débarrassa de son string, il retint son

souffle. Son sexe nu semblait fraîchement épilé, brillant d'excitation au niveau de la fente.

Elle se tenait devant lui, la tête haute, pendant qu'il la scrutait. Il leva un doigt, puis lui fit signe de se tourner. Elle sourit et il se retint de rire. Sa petite Callie aimait cette attention. Lorsqu'elle se retourna, il se lécha les lèvres en la voyant. Elle n'était pas mince, mais elle n'était pas très ronde non plus. Elle avait juste les courbes qu'il fallait et les tatouages sur son corps ne faisaient que souligner ses muscles toniques et sa silhouette.

Elle s'arrêta pour être complètement dos à lui et il grogna, en guise d'approbation. Il fit un pas vers elle, s'assurant de faire suffisamment de bruit pour ne pas la surprendre. Avant de la toucher, il resta immobile, appréciant la façon dont le corps de la jeune femme se raidit, impatient d'être touché.

Il traça le contour de son épaule et elle frissonna.

— Tu es belle, Callie, chuchota-t-il.

Elle soupira et il bougea son autre main pour prendre sa poitrine dans sa main. Elle cambra le dos, appuyant son téton dans sa paume, donc il recula.

— Ne bouge pas, chérie. Sois une gentille fille et laisse-moi te toucher.

Elle prit une grande inspiration et il sourit. Ses mains exploraient le corps de la jeune femme, dans de douces caresses sur sa peau lisse. Elle soupira et s'exclama quand il prit à nouveau sa poitrine dans ses mains, tirant sur ses tétons. Quand il l'attira contre son torse, appuyant son érection couverte sur la fente de ses fesses, ils gémirent tous les deux.

— Tu es une gentille fille.

Il lui mordilla l'oreille. Elle ne bougea pas, même si son corps trembla.

— Qu'est-ce que tu veux, ma belle ? Tu dois le dire.

— Je... Je veux te toucher.

Il sourit, mordillant son cou.

— Quoi d'autre ?

— Je veux jouir. S'il te plaît, Morgan... je devrais t'appeler monsieur ?

Il lui donna un petit coup dans le pied droit pour l'obliger à écarter les jambes.

— Je veux que tu m'appelles Morgan.

Il marqua une pause.

— En fait, tu peux m'appeler Morgan ou, comme tu le fais au magasin, monsieur McAllister. J'ai aimé que tu sois un peu impolie avec moi, mais sache que si tu l'es trop, je te punirai.

— D'accord, Morgan.

— Gentille fille. Maintenant, garde les jambes écartées.

Il posa la paume de ses mains sur les fesses de Callie et s'arrondit sur les globes avant de faire glisser un doigt sur la fente. Elle frissonna lorsqu'il tapota son orifice serré.

— Tu veux me sentir dans ton cul ?

Il avait une main sur son cou pour la sentir déglutir difficilement, même s'il ne voyait pas son regard. Il la retournerait bientôt pour observer chacune de ses réactions.

— J'ai déjà pratiqué l'anal avant, mais jamais rien de stupéfiant, répondit-elle.

Il la fessa deux fois, rapidement. Elle laissa échapper un petit cri et il sourit en voyant les petites marques roses qu'il avait laissées. Elle rougissait bien.

— Ne me compare pas aux autres hommes, petite Callie. Je t'ai demandé si tu voulais me sentir dans ton cul.

— Oui, monsieur McAllister.

Bon sang, il aimait ce qu'elle était en train de dire. Il continua l'exploration de son corps, passant ses doigts dans ses plis trempés.

— Tu es tellement mouillée. J'ai hâte de te manger. Tu en as envie ? Tu veux ma bouche entre tes cuisses, dévorant et léchant chaque centimètre de toi ?

— Mon Dieu, oui. S'il te plaît. S'il te plaît, mange-moi.

Il sourit et recula. Elle gémit, donc il la retourna dans ses bras.

— Ne t'inquiète pas, Callie, je ne vais pas te laisser patienter trop longtemps.

Il écrasa sa bouche sur la sienne, incapable d'attendre plus longtemps. Elle se cambra contre lui et il la laissa faire, sachant qu'elle se tortillerait encore plus bientôt.

Il recula vers son lit, impatient, plein de désir et d'envie. Lorsqu'il fit un pas en arrière, elle tendit la main vers lui, essayant de l'embrasser à nouveau. Il saisit ses petits poignets d'une main et les leva doucement au-dessus de sa tête.

Cette position fit ressortir sa poitrine et cambrer son dos.

C'était une si belle pose.

— Je veux que tu tiennes la tête de lit derrière toi. Tu peux le faire ?

— Qu'est-ce que tu vas me faire ? s'enquit-elle, à bout de souffle.

Il haussa un sourcil.

— Je t'ai posé une question, soumise.

Elle déglutit et acquiesça.

— À voix haute, Callie.

— Oui, oui, je peux le faire.

— Montre-moi.

Elle enroula ses mains autour de la tête de lit tout en se léchant les lèvres.

— Joli. Maintenant, si je te dévore entre les cuisses,

est-ce que tu vas pouvoir garder les mains en l'air ? Sinon, je peux t'attacher maintenant. En fait, je vais le faire, à un moment. Dis-moi si tu es une gentille fille et que tu peux tenir toute seule pour le moment.

— Je serais gentille. C'est promis.

Elle semblait si ouverte, si sérieuse. Il ne put s'empêcher de prendre son visage en coupe et de l'embrasser doucement.

— Je sais, chérie. Tu fais tellement d'efforts. Je vais te récompenser.

— S'il te plaît.

Il l'embrassa à nouveau et fit glisser ses lèvres sur son cou, ses épaules, puis entre ses seins. Il suçota chaque téton, s'éloignant lorsqu'ils furent rouges et douloureux. Elle gémit, s'agitant contre la tête de lit, mais ne lâchant pas. Puis il progressa vers son ventre, léchant son nombril avant de s'agenouiller devant elle. Il lui écarta les jambes pour pouvoir prendre ce qui était à lui.

— Tu es tellement mouillée, Callie. Tu es même trempée.

Il fit glisser un doigt sur son clitoris, appréciant les gémissements s'échappant de sa bouche, puis caressant ses lèvres. Il se retira, le doigt recouvert de son lubrifiant. Lorsqu'il croisa le regard de la jeune femme, il se lécha le doigt, grognant à cause de son goût sucré.

— Comme de la pêche, chuchota-t-il.

Il écarta encore plus sa fente, frottant ses pouces contre son sexe. Puis il se pencha en avant et s'affaira sur son clitoris, suçotant et mordillant le bourgeon avant de donner des coups de langue. Il fit glisser deux doigts sur son entrée avant de la pénétrer, recourbant les doigts pour trouver son point G.

Elle trembla, mais à nouveau, elle ne lâcha pas.

— Morgan, oh, mon Dieu, Morgan. Je vais jouir. S'il te plaît. Laisse-moi jouir.

Nom de Dieu, il aimait qu'elle le lui demande. Elle voulait sa permission et ça, plus que tout le reste, lui indiquait qu'il était temps de la laisser jouir pour qu'il puisse entrer en elle.

Il frotta son doigt contre la boule de nerfs sensible et leva les yeux.

— Jouis.

Elle croisa son regard et se brisa en mille morceaux. Son regard devint vitreux lorsqu'elle cambra le dos. Ses doigts devinrent blancs là où elle s'accrochait à la tête de lit.

Elle ne lâcha pas.

Il la prit avec ses doigts, faisant des va-et-vient aussi forts qu'il le pouvait sans lui faire mal, la laissant évacuer toute sa jouissance. Lorsqu'elle arrêta de trembler, il se retira et se leva.

— Penche-toi sur le lit, petite Callie.

Elle acquiesça, son corps rougit par l'orgasme.

— D'abord..., dit-il.

Il l'embrassa, prenant chaque gémissement et chaque couinement comme un succès.

— Tu sens ton goût sur moi.

— Oui.

— Tu aimes ça ?

— Seulement sur toi, répondit-elle doucement.

Morgan grogna.

Nom de Dieu, il ne se lasserait pas d'elle.

— Penche-toi, chérie.

Lorsqu'elle le fit, il se déshabilla rapidement et sortit le préservatif de son porte-feuille. La prochaine fois qu'il la prendra, il utiliserait ceux qui se trouvaient dans sa table de nuit. Il le déroula sur sa longueur, puis s'avança vers elle.

— Tu es parfaite, penchée devant moi, Callie.

Elle secoua les fesses, le faisant rire. Il la fessa et elle s'exclama.

— Ça fait mal, déclara-t-elle en regardant par-dessus son épaule.

— Est-ce que je t'ai dit que tu pouvais me regarder ? s'enquit-il.

Il la fessa de l'autre côté. Il passa les mains sur elle, pour apaiser le picotement.

— Je suis désolée, monsieur McAllister.

— Tu veux ma queue, chérie ?

— S'il te plaît, Morgan. S'il te plaît, prends-moi.

Il sourit devant ses supplications, puis s'agrippa à ses hanches. Le lit était juste à la bonne hauteur pour qu'il n'ait pas à faire une manœuvre savante afin de la pénétrer. Mais d'abord, il posa une paume sur le sexe de la jeune femme.

— Tu es tellement chaude, Callie. Tu es mouillée, prête et ouverte. Je vais te baiser brutalement, je vais te baiser jusqu'à ce qu'aucun de nous n'arrive à réfléchir. Ensuite, quand on sera prêt, je vais lentement te faire l'amour et te voir jouir quand tu te resserreras autour de ma queue, m'usant jusqu'à ce qu'on soit tous les deux épuisés.

— J'aime que tu dises des choses cochonnes.

Il sourit.

— Attends donc de voir.

Il se positionna devant son entrée et la pénétra lentement. Ils grognèrent tous les deux à cause de cette sensation.

— Nom de Dieu, tu es tellement serrée.

— Je crois que c'est plutôt toi qui es vraiment épais.

Il gloussa.

— Tu es une petite maligne, mais merci du compliment.

La sueur perlait le long de son dos et les tendons dans son cou ressortaient, mais il devait y aller doucement jusqu'à ce qu'elle soit habituée à son épaisseur. Il ne voulait pas la blesser.

Lorsqu'il fut entièrement en elle, il marqua une pause, essayant de voir comment elle allait.

— Ça va, petit cœur ?

— Oui, répondit-elle d'une voix tendue. Mais il faut que tu bouges. S'il te plaît, pour l'amour de Dieu, bouge. Je veux que tu me prennes, Morgan. Je ne suis pas en porcelaine. Je ne vais pas me briser.

Il lui donna à nouveau une claque sur les fesses et fut récompensé par le sexe de la jeune femme se resserrant autour du sien.

— Tu es tonique, ma belle. Regarde.

— Alors, prends-moi, cracha-t-elle.

Il la fessa à nouveau, puis commença à bouger. Il se retira lentement, avant de s'enfoncer brutalement en elle. Ses bourses se contractèrent et il jura. Non, il n'allait pas jouir si rapidement, pas maintenant. Jamais. Ce n'était pas sa faute si Callie était une femme torride digne de ce qu'il pensait ne jamais avoir.

Il instaura un rythme éreintant, les faisant tous les deux haleter. Les mains de la jeune femme s'enfoncèrent dans la couverture et il sut qu'elle était proche de la jouissance.

— Encore une fois, chérie.

Elle cambra le dos et il donna un coup de reins vers le haut pour qu'elle jouisse. Lorsqu'elle cria son nom, il se retira et la retourna sur le dos. Avant qu'elle puisse reprendre son souffle, il avait écarté ses jambes et la baisait à nouveau.

— Nom de Dieu, Morgan. Oh mon Dieu.

Il croisa le regard de la jeune femme, enivrée par le sexe, et grogna.

— Tu es à moi, Callie. Tu comprends ? Tu es à moi.

— Je suis à toi, haleta-t-elle.

Il passa les jambes de la jeune femme sur ses épaules et la pencha pour pouvoir l'embrasser dans un baiser violent, tout en faisant des va-et-vient dans son sexe mouillé. Merci, mon Dieu, elle était souple. Il allait s'amuser avec elle.

— Morgan, haleta-t-elle avant d'ouvrir la bouche pour crier.

Elle jouit une fois de plus autour de sa verge. Il ne pouvait pas en supporter davantage et en fit de même, remplissant rapidement le préservatif. Bon sang, il était presque sûr d'avoir tellement joui qu'il le ferait déborder s'il ne faisait pas attention.

Lorsqu'ils ralentirent, il ne voulut pas s'écarter d'elle, il utilisa donc ses dernières forces pour la remonter sur le lit, bien qu'il soit toujours profondément en elle.

— Tu es tellement bonne autour de ma queue, Callie, chuchota-t-il en lui embrassant la mâchoire.

Il fit rouler ses tétons entre ses doigts, voulant simplement la toucher.

Elle lui caressa lentement le dos de haut en bas.

— Je crois que je ne vais pas pouvoir bouger avant une semaine.

Il l'embrassa à nouveau.

— Bien.

Elle sourit et il sut qu'il était foutu. Bon sang, il ne savait pas ce qu'il adviendrait d'eux deux ni ce qu'il *voulait* qu'il advienne d'eux. Mais ce dont il était sûr, c'était qu'il aimait l'avoir dans ses bras, dans son lit.

Maintenant, il devait juste découvrir ce qu'il devait faire de ce qu'il ressentait.

Ou plutôt, de mettre un nom sur ces sentiments, pour commencer.

CHAPITRE HUIT

L'OVERDOSE DE SEXE EXISTAIT-ELLE ? Callie ne le pensait pas. Elle s'assit doucement sur son tabouret, à son poste, et retint une grimace. D'accord, alors peut-être que l'overdose de sexe existait. Des flashs de la nuit dernière, de la façon dont il s'était bien occupé d'elle, traversèrent son esprit et elle rougit. Lorsqu'il l'avait penchée au-dessus de cette table et lui avait montré *exactement* comme elle avait été une mauvaise fille... eh bien, ses fesses en portaient encore les stigmates.

Morgan et elle étaient ensemble depuis deux semaines et avaient passé chaque nuit ensemble. La moitié de ces nuits, ils n'avaient rien fait de plus que manger et se cajoler, mais c'était quelque chose.

Elle dirait peut-être qu'ils étaient passés de zéro à

cent kilomètres-heure en un éclair, mais en toute honnêteté, ils ne passaient pas *tant de temps* que ça ensemble. Entre ses nouveaux clients à elle et son travail à lui, ils n'avaient que quelques heures, ici et là. Au lieu de se reposer, elle passait son temps avec Morgan en apprenant à le connaître *lui* et comment ils fonctionnaient tous les deux. Ce n'était pas comme s'ils s'étaient déjà échangé les clés de leur maison respective. Bien sûr, elle avait rencontré sa mère, mais c'était un tout autre sujet.

Rencontrer les parents de l'autre ne devrait pas inclure des insultes et du jugement. Enfin, en y réfléchissant, *peut-être* que cela pouvait arriver chez d'autres couples, mais ce n'était pas nécessairement ce que Callie voulait dans une relation.

Elle secoua la tête. Non, elle n'allait pas penser à ça. Elle n'allait pas s'imaginer les attentes et les gens dont elle voulait rester éloignée. Au lieu de ça, elle se concentrerait sur son art, sur elle-même et elle profiterait des moments passés avec Morgan.

Aujourd'hui, elle allait le revoir et pas seulement pour s'envoyer en l'air. Cette fois-ci, il venait pour faire avancer son tatouage sur le dos, puis elle travaillerait sur les contours de ses bras. Elle savait que cette zone-là serait plus douloureuse pour lui que tout ce qu'il avait déjà fait. En réalité, il était resté et avait semblé à l'aise pendant les précédentes sessions. Cette fois, ce serait la première fois qu'elle poserait les mains sur lui de manière professionnelle depuis qu'elle les avait eues sur lui de manière délicieuse et torride.

— Pourquoi tu secoues les hanches ? s'enquit Morgan derrière elle.

Elle sursauta, posant une main sur son cœur.

Elle se retourna, rougissant d'avoir été surprise en dansant. Encore. Étant donné qu'elle ne s'était même pas rendu compte qu'elle balançait les hanches en imaginant se retrouver nue avec l'homme en face d'elle, elle sentit ses joues rougir encore davantage.

— Tu m'as fait très peur, dit-elle en essayant de ne pas avoir l'air à bout de souffle.

C'était simplement Morgan, pourquoi agissait-elle comme si elle ne l'avait pas vu depuis des années ? En fait, elle avait quitté son lit ce matin même pour aller au travail. Il était déjà levé et habillé quand elle s'était préparée et cela ne la dérangeait pas. D'habitude, ils ne s'envoyaient pas en l'air dans la douche, puisque cela prenait tellement de temps qu'ils finissaient par être tous les deux en retard, donc cela ne lui avait pas manqué ce matin.

Il inclina la tête, tordant ses lèvres. Bon sang, elle aimait ses expressions. Il n'essayait jamais d'être trop ouvert, trop exubérant, mais les petites touches étaient ce qui lui plaisait. Elle n'aurait probablement pas dû se dire de telles choses puisque cela la rapprochait dangereusement du moment où elle tomberait amoureuse de lui, mais elle ne pouvait s'en empêcher.

Ils n'avaient pas encore eu de discussion pour savoir si leur relation était sérieuse ou non, et ils n'avaient pas non plus parlé de l'avenir. Pourquoi le feraient-ils ? Cela ne faisait que quelques semaines et ils apprenaient encore à se connaître, mais l'idée d'avoir quelque chose de plus que ce qu'ils avaient à ce moment-là commençait à lui plaire.

Elle n'avait qu'un peu plus d'une vingtaine d'années et la plupart des amis de son âge n'étaient pas prêts à se mettre en ménage ni à penser qu'il n'y aurait plus qu'une personne jusqu'à la fin de leur vie. Cela ne signifiait pas qu'elle ne se demandait jamais comment ce serait d'être mariée et d'avoir des enfants, mais elle ne l'avait pas envisagé. Pas sérieusement, en tout cas.

Enfin bon, ce n'était pas comme si elle voyait vraiment Morgan de cette façon. Ils ne sortaient même pas ensemble depuis un mois, donc elle n'allait pas commencer à imaginer la bague sur son doigt ni un bébé dans son ventre. Elle n'était vraiment pas prête pour ça, mais curieusement, elle *était* prête à penser plus loin que le premier mois quand il s'agissait de l'homme qu'elle avait actuellement dans sa vie.

Flippant.

Morgan prit son visage en coupe et elle cligna des

yeux vers lui. Bon sang, elle avait dû se perdre dans ses pensées pendant qu'il la regardait.

— Tu vas bien, Callie ?

Elle acquiesça et il secoua la tête.

— Des mots, petite Callie. J'ai besoin d'entendre tes mots. Je t'ai demandé trois fois si tu allais bien et tu es dans ton petit monde. Qu'est-ce qui ne va pas, ma belle ?

Elle s'appuya contre sa paume et soupira. Était-ce mal qu'elle aime quand il l'appelait « ma belle » ou « petit cœur » ? Pour elle, cela signifiait qu'il tenait à elle, même s'ils avaient une différence d'âge qui pourrait en déranger d'autres. Il n'y avait rien de mal dans ces quinze années, et puisqu'elle se sentait bien, elle devrait juste vivre sa vie au maximum.

— Je vais bien, déclara-t-elle honnêtement. J'étais juste en train de réfléchir et apparemment je me comportais en mauvaise petite amie.

Elle se figea. Petite amie ? Bon sang. Ce n'était pas comme s'ils étaient au lycée et Morgan en était même sorti depuis longtemps. Ils n'avaient jamais utilisé ces termes et elle venait juste de les lâcher.

Morgan sourit et baissa la tête, effleurant ses lèvres. Son corps se détendit immédiatement, fondant rien qu'à son contact.

— Si quelque chose te dérange et que je ne suis pas au courant, ça fait de moi un mauvais petit ami.

La petite pom-pom girl dans sa tête fit une danse de la joie. *Il m'aime, il m'aime vraiment bien.* D'accord, Sally Field, ça suffit.

Soulagée qu'elle n'ait pas fait une erreur en utilisant un mot qui pouvait dire tant de choses, elle recula et se mit sur la pointe des pieds. Elle l'embrassa sur le menton et son regard se réchauffa.

— Honnêtement, je vais bien. J'ai juste un peu la tête dans les nuages. Alors... tu veux commencer ?

Elle passa les mains sur ses épaules larges et descendit jusqu'à ses bras. Tellement. Sexy.

— J'ai hâte de poser les mains sur toi.

— Tu veux juste que je sois nu, chuchota-t-il.

Elle rougit davantage et se lécha les lèvres.

Il grogna d'une voix rauque et se pencha pour lui mordre la lèvre inférieure. Les orteils de la jeune femme se replièrent et elle s'éclaircit la gorge. Même si c'était absolument fantastique de prendre son pied avec lui et de goûter chaque centimètre de son corps, elle était bien consciente qu'ils étaient au milieu du magasin.

Elle pouvait pratiquement sentir les regards d'Austin et de Sloane creuser son dos. Oui, ce n'était probablement pas le meilleur endroit pour un débordement d'affection quand elle était censée travailler sur le tatouage de Morgan et non sur son effeuillage.

— Trouvez-vous une chambre ! cria Maya sur le côté.

Callie ricana. On pouvait toujours faire confiance à Maya pour briser ce moment.

Callie tourna les talons et posa les mains sur ses hanches.

— Excusez-moi. J'ai mon propre petit poste juste là.

Elle utilisa ses doigts pour en décrire le contour.

— C'est *ma* pièce.

Sloane rit.

— Choisis-en peut-être une avec des murs la prochaine fois, si tu ne veux pas réchauffer la pièce en un clin d'œil.

Il sourit en le disant et Callie se détendit. Elle avait été inquiète à l'idée que ses amis, non, que sa *famille* soit inquiète, ou les juge au moins un peu, Morgan et elle, mais elle n'aurait pas dû l'être. D'après ce qu'elle voyait, cela ne les dérangeait pas, quoiqu'ils soient un peu trop protecteurs, mais ils étaient ainsi avec n'importe quel homme qu'elle ramenait à la boutique.

Morgan passa un bras autour de sa taille et posa la main sur sa hanche, ses doigts jouant avec le petit bout de peau apparaissant entre son haut et sa mini-jupe. Les genoux de Callie tremblèrent et elle se mordit la lèvre. Bon sang, rien que le contact de cet homme lui donnait envie de jouir.

Ce n'était vraiment pas l'endroit étant donné

qu'elle devait travailler sur son dos et ses bras aujourd'hui.

— D'accord, l'équipe, on se remet au travail. Je vais faire le mien.

Austin haussa un sourcil tout en gardant l'aiguille sur son client.

— Bien sûr, ma belle, va faire ça.

Il sourit et elle leva les yeux au ciel.

Les hommes.

Elle se tourna à nouveau et leva les yeux vers Morgan.

— Bien. Déshabille-toi.

Il haussa les sourcils, mais elle resta sur ses positions.

— Ce n'est pas ma réplique, d'habitude ? demanda-t-il doucement.

Enfin, pas si doucement que cela puisque Sloane rit derrière elle.

Encore une fois : les hommes.

— Hé, tu veux ton tatouage ? Tu te désapes.

Elle se pencha vers lui.

— Et si tu es un gentil garçon, alors je serai une vilaine fille pour toi dans ma jupe, chuchota-t-elle.

Morgan fronça les sourcils, puis se pencha encore davantage vers elle.

— Tu sais à quel point ça va être gênant de rester

allongé avec une érection pendant que tu travailles sur mon dos ?

Elle sourit.

— Alors on ferait mieux de se mettre au travail.

Il défit les boutons de sa chemise et l'enleva. Elle déglutit difficilement, s'obligeant à détourner son regard et à garder les mains loin de ce torse ferme et de ces abdos alléchants. Ce n'était pas juste qu'il puisse avoir l'air si beau et qu'elle doive rester concentrée. Seule la promesse d'être une vilaine fille plus tard valait le coup. Enfin, ça et ce tatouage fabuleux qu'il aurait grâce à la seule et unique Callie.

Ses doigts la démangeaient de tracer la petite étoile sur sa hanche, pourtant elle se retint. Elle pouvait jouer avec les lignes d'encre sur son dos puisque c'était elle qui les avait tracées et qui en ajouterait aujourd'hui, néanmoins, jouer avec ses hanches et avoir sa main près de son membre n'allait pas les aider, ni elle, ni lui.

— Je sais où ton esprit vagabonde, ma belle. Reste sage, grogna doucement Morgan. Pour l'instant.

Elle sourit et leva les yeux au ciel.

— Assieds-toi de l'autre côté. J'ai tout préparé pour toi, mais je veux vérifier à quoi ressemble mon travail depuis notre dernière séance.

Il chevaucha la chaise, mais la regarda par-dessus son épaule.

— Tu ne l'as pas déjà vérifié hier soir ?

— Ferme-la. Nous sommes au travail, donc je le refais.

Il se retourna et elle retint un soupir en voyant son dos. Bon sang, la silhouette de cet homme était bien définie, et avec son tatouage, oh bon sang. Il avait bien pris soin de son travail, cela l'avait bien aidé qu'elle soit avec lui tous les jours, prenant soin de cette encre sur chaque centimètre de son dos magnifique. Elle lui avait appris à utiliser une spatule pour atteindre les endroits les plus difficiles avec la crème, si elle ne pouvait pas l'y aider. C'était une vieille technique, mais hé, ça fonctionnait. Cependant, elle préférait quand elle pouvait soulager elle-même ses ecchymoses.

Sachant que les autres allaient la regarder, elle traça avec précaution les contours de sa dernière séance en réfléchissant à ce qu'elle allait faire aujourd'-hui. Elle s'obligea à ne pas soupirer ou à passer trop de temps au même endroit. Elle n'avait pas peur de se pâmer devant lui une fois qu'elle aurait commencé à tatouer puisque la vibration de l'aiguille l'aidait à se concentrer, mais à ce moment-là, elle allait devoir s'éclaircir les idées.

— D'accord, alors je vais finir le contour de ton dos et faire tes bras. Si tu te sens encore assez bien, par rapport à la douleur, alors je commencerais la couleur.

Elle inclina la tête, son esprit calculant chaque mouvement et courbe de son dos.

— On devrait réussir à commencer à la couleur puisque ta peau accepte bien l'encre et que tu ne bouges pas.

Devoir s'arrêter à cause d'un client qui grimaçait et gigotait allongeait le temps de travail, mais Morgan était un vrai dur. En plus, elle prévoyait de le récompenser plus tard pour ses efforts.

Il jeta un nouveau coup d'œil par-dessus son épaule et lui sourit. Bon sang, le cœur de la jeune femme tambourinait. Il devait arrêter de la regarder comme ça, sinon elle allait vraiment tomber amoureuse de lui. Elle ne pouvait pas se le permettre, pas quand elle ignorait ce qu'il voulait vraiment pour eux deux. Honnêtement, elle n'était pas sûre non plus de ce qu'elle désirait. C'était la recette du désastre si elle ne se retenait pas.

Le sourire de Morgan disparut de son visage.

— Qu'est-ce qui ne va pas, Callie ?

Elle secoua la tête, affichant un sourire étincelant.

— Rien. Je réfléchis juste à l'endroit où je vais commencer, mentit-elle.

Inutile de l'inquiéter et de le faire fuir.

— Prêt ?

Il acquiesça, ses sourcils froncés, puis se retourna.

Elle soupira et se mit au travail. Après avoir nettoyé sa peau, elle laissa la vibration de l'aiguille apaiser ses inquiétudes. Morgan ne bougea pas ni ne grogna, même lorsqu'elle travailla sur les parties délicates de son bras et près de ses poignets. Après deux heures penchées au-dessus de son dos, à travailler sur les plumes complexes du phénix, elle se rassit, puis alla lui chercher quelque chose à boire dans le frigo. Connaissant son homme, il aurait pu continuer sans faire de pause, mais elle n'avait pas besoin d'en faire trop ni de lui en faire supporter davantage.

Il lui sourit lorsqu'elle lui donna un jus de fruits et elle dut se retenir de l'embrasser. Lorsque l'aiguille avait été en train de bouger, il avait été facile de repousser ses émotions et d'agir de façon professionnelle, mais dès qu'elle le regarda dans les yeux, l'émotion grandit à nouveau. Heureusement, il ne parla pas, mais il tendit sa main libre et agrippa la sienne.

— Prêt à recommencer ?

— Oui. Après, tu veux venir manger chez moi et rester dormir ?

Elle se mordit la lèvre et acquiesça. Elle le voulait plus que n'importe quoi, mais elle n'allait pas agir comme une jeune fille en mal d'affection. Bon sang, qu'est-ce qui n'allait pas chez elle ? Cela ne lui ressemblait pas et elle n'aimait pas en quoi l'hésitation la transformait.

— Continuons deux heures et finissons tes bras. Ensuite, on verra comment tu te sens et on essaiera d'ajouter de la couleur. Si on ne commence pas ce soir, ce n'est rien. Il nous reste quelques séances, de toute façon.

— On doit passer chez toi pour chercher des affaires ? demanda-t-il avant de finir son jus.

— Non, j'ai un sac dans ma voiture.

Elle grimaça.

— Je le garde toujours, juste au cas où. Mais ce n'est pas comme si j'avais supposé que tu le demanderais.

Morgan prit son visage en coupe et elle s'intima de ne pas reculer.

— Hé, ne t'inquiète pas. J'aime que tes affaires soient prêtes.

Il sourit avant d'ajouter :

— Moi aussi, j'ai un sac, juste au cas où tu aurais envie que je vienne chez toi. C'est plus facile que d'avancer sur la pointe des pieds, chérie.

Elle soupira, puis se redressa.

— Bien. Maintenant, mettons-nous au travail sur l'autre bras. Tu me diras si ça te fait trop mal, d'accord.

Elle lui lança un regard noir avant d'ajouter :

— Ne fais pas le macho si tu as besoin d'une pause.

Il ricana puis montra son dos du doigt.

— Je vais bien, chérie. En plus, tu connais suffisamment mon corps pour dire si je souffre ou pas.

C'était la vérité. Elle connaissait chaque centimètre de lui et en appréciait chacun d'eux. Le fait qu'il le sache et qu'il connaisse lui aussi son corps lui donnait l'impression que c'était normal d'en vouloir plus.

Du moins, elle l'espérait.

Quand ils eurent terminé la séance pour la soirée, trois autres heures s'étaient écoulées et elle était prête à prendre une pause. Morgan était un dur à cuir, mais elle savait qu'il avait atteint sa limite. Elle lui nettoya le dos et lui transmit à nouveau les consignes pour les soins suivant le tatouage. Peu importait qu'ils l'aient déjà fait quelques jours auparavant et qu'elle rentre avec lui pour prendre soin de son corps, elle n'oublierait jamais d'expliquer ce qui devait être fait pour que son travail reste parfait.

Ils dirent au revoir au reste de l'équipe de *Montgomery Ink* et partirent vers leurs voitures. Morgan la raccompagna vers la sienne, se baissant pour l'embrasser doucement.

— On se retrouve chez moi ? demanda-t-il.

Il avait une promesse dans le regard qui la laissa à bout de souffle.

— Oui, mais tu es sûr d'être partant pour... de la gymnastique ?

Il sourit et saisit son menton.

— Je serai au-dessus cette fois-ci.

— Tu n'as pas toujours le dessus ? le taquina-t-elle, appréciant le contact de sa peau sur la sienne.

— Tu aimes ça, ma belle. Tu veux que j'aille chercher quelque chose à dîner ? Ou voit-on ce qu'il reste dans le frigo ?

— Il y a des restes dans le frigo, ceux du café dans lequel je t'ai emmené, donc on peut se débrouiller avec ça.

Ils étaient allés dans un café hippie qu'elle aimait pour leurs sandwichs bio et pour la meilleure soupe qu'ils aient jamais goûtée. Morgan avait tout de suite trouvé sa place, même s'il gagnait probablement plus en une semaine que ce que les autres clients touchaient en un an. Il n'avait pas méprisé les autres personnes présentes, ni les tables et les chaises usées. Après ça, elle avait encore plus eu envie de lui. Oui, il l'avait emmenée dans un restaurant français bien chic, avec des nappes en tissu et aucun prix sur le menu, mais elle ne s'y était pas sentie à l'aise. En fait, être simplement avec lui l'aidait à se sentir mieux. Si les gens les regardaient, et faisaient comme si son compagnon était un problème, elle ne l'avait pas remarqué. Enfin, elle n'avait croisé aucune personne du gala, y compris la mère de Morgan ou la femme squelettique, donc ce n'était probablement qu'un coup de chance. Dans les deux cas, ils montraient tous les deux d'où ils venaient et avec quelle facilité ils pouvaient s'entendre en sortant ensemble. Cela signifiait quelque chose et elle ne tiendrait rien pour acquis.

— Ça me semble bien. Je vais probablement devoir y retourner pour acheter une soupe.

Il traça sa mâchoire et elle frissonna.

— Je t'y emmènerai, dit-elle avant de reculer. Roule doucement, je te retrouve bientôt.

Ils se dirent au revoir en s'embrassant et elle monta dans la voiture. Il n'allait pas bouger jusqu'à ce qu'elle soit enfermée dans sa voiture, en sécurité, donc inutile d'attendre pour le regarder s'en aller et mater ses fesses comme il fallait. Elle le ferait une fois qu'ils seraient chez lui. Et plutôt deux fois qu'une.

Quand ils arrivèrent, ils terminèrent les restes et elle enleva ses chaussures, coinçant ses pieds sous ses fesses en s'appuyant contre Morgan. Elle devait faire attention puisque ses bras et son dos étaient couverts d'un nouveau tatouage, mais il devait encore ressentir l'adrénaline et les endorphines puisque l'appui de la jeune femme ne semblait pas le déranger.

— Alors, tu as dit que si je me comportais bien à la boutique, tu serais une très, très vilaine fille pour moi, déclara doucement Morgan.

Elle frissonna, son sexe se serrant. Elle grimaça et il s'éloigna.

— Qu'est-ce qui ne va pas, chérie ?

Elle n'allait pas lui mentir, puisque ce n'était pas ainsi qu'ils fonctionnaient. En plus, elle désirait bien plus que de passer sa soirée à jouir, et elle n'avait pas envie de s'occuper de ça.

— On a tellement couché ensemble dernièrement, je crois que mon vagin a besoin d'une pause.

Elle écarquilla les yeux et il glissa une main dans son dos, sur ses fesses, avant de la refermer. Elle prit une grande inspiration quand il la toucha doucement. Ce n'était pas douloureux, mais elle était sensible.

— Pauvre bébé. J'ai été brusque avec toi.

Elle secoua la tête.

— Non, enfin, peut-être, mais j'aimais ça. Tu n'as rien fait que je ne voulais pas, et j'en veux plus ce soir.

Elle soupira et baissa le regard.

— Alors peut-être qu'on peut faire quelque chose qui n'implique pas ton sexe dans le mien ?

Il grogna doucement.

— Ces mots cochons qui sortent de ta petite bouche me font tellement bander, petite Callie.

Il posa son autre main sous son menton et l'obligea à le regarder.

— On ne fera pas l'amour ce soir comme on l'a déjà fait.

Faire l'amour.

Non, elle ne penserait pas à cette expression. Pas quand elle était dans un tel état.

— Je veux te prendre le cul, Callie. Qu'est-ce que tu en dis ? Je sais que tu aimes quand je joue avec ce petit trou et qu'on t'a déjà préparé avec différents jouets. Tu penses être prête ?

Elle se lécha les lèvres, son corps se raidissant et se préparant.

— J'en ai envie.

— De quoi as-tu envie, Callie ? Dis-moi.

— Je veux que tu me prennes le cul.

— Gentille fille.

Il l'embrassa alors, doucement au début, puis il redoubla d'intensité jusqu'à ce qu'elle gémisse contre lui, sa langue prenant sa bouche. Elle voulait passer ses mains sur lui, mais s'en empêcha avant de lui faire mal au niveau du tatouage. Ce serait difficile de ne pas y aller trop vite, trop brusquement ce soir, mais elle avait envie de lui. Maintenant.

Morgan s'éloigna.

— Va dans la chambre, enfile ces chaussures d'allumeuse que tu as laissées dans mon placard et penche-toi sur le lit. Tu as dit que tu avais été une vilaine fille, alors je vais froisser ta petite jupe plissée et te fesser jusqu'à ce que ton cul soit d'un rouge brillant. Ensuite, je te remplirai ton petit trou avec ma queue pour te prendre brutalement. Tu es prête, ma petite ?

Les tétons de Callie se durcirent et ses parois

internes se comprimèrent douloureusement, même si elles n'étaient pas comblées ce soir.

— Callie ?

Elle prit une grande inspiration.

— Je suis prête.

— Va dans la chambre. Sois prête quand j'arriverai, sinon je vais devoir te punir.

Elle s'y précipita, son corps tremblant d'excitation. Ils n'étaient pas du genre à assouvir leurs fantasmes tous les soirs, puisqu'aucun d'eux n'en avait besoin tout le temps, mais lorsqu'ils le faisaient... mon Dieu, elle aimait ça.

Une fois qu'elle eut sorti ses chaussures du placard (le fait qu'elles étaient déjà là, à la base, était une chose à laquelle elle devrait réfléchir plus tard), partit vers le lit avec des jambes tremblantes et se pencha. Bon sang. Était-elle censée garder sa culotte ou l'enlever ? Sachant que son homme aimait qu'elle soit prête, elle la quitta rapidement, consciente qu'il pourrait rentrer à n'importe quel moment et si elle n'était pas prête, elle serait punie.

Elle frissonna en y réfléchissant.

Oh oui, elle était folle, mais elle était *sa* folle.

Nue et prête pour lui, elle se pencha au-dessus du lit, posant sa joue contre le matelas. Elle cambra le dos pour lever ses fesses, qui s'écartèrent légèrement.

Elle ne pouvait voir qu'une partie de la porte d'un

coin de l'œil, donc elle ferma les paupières, sachant que l'anticipation vaudrait la peine. Elle l'entendit entrer et sut qu'il ferait du bruit pour ne pas la surprendre.

Mon Dieu, qu'elle pouvait aimer cet homme.

Arrête, Callie.

— Tu es tellement une gentille fille, chuchota Morgan avant de passer une main dans son dos.

Elle frissonna et agita ses fesses.

Il la fessa et elle se figea.

— Ne bouge pas, petite Callie. C'est à moi de me régaler avec toi, c'est à moi de jouer avec toi. Ne bouge pas avant que je te le dise.

Elle déglutit difficilement, mais n'ouvrit pas les yeux. Elle le ferait s'il le lui disait, mais pour le moment, elle voulait tout sentir et savoir qu'il était là pour elle... qu'il le serait toujours.

Il glissa ses mains sur ses jambes, la massant avec ses doigts, la laissant pleine de désir. Ses jambes tremblotaient dans ses talons et il s'agrippa à ses cuisses.

— Tu es vraiment canon dans ces talons, chérie, mais je ne veux pas que tu te fasses mal. Ça ne te dérange pas de les garder pendant que je te prends ?

Elle acquiesça.

Il la fessa à nouveau.

— Utilise des mots.

— Oui, Morgan. Je veux bien. J'aime l'allure que j'ai pour toi.

— Gentille fille.

Il froissa sa jupe et le frais de la pièce effleura la chaleur de son sexe.

— Tu as enlevé ta culotte.

— Ça n'est pas bien ?

Il posa les mains sur ses fesses et elle haleta.

— C'est mieux que bien. Je ne t'ai pas dit quoi faire, mais tu t'es préparée pour moi, donc ça me rend heureux, Callie.

Il posa son articulation sur les lèvres de son sexe et elle frissonna.

— Je sais que tu es sensible, chérie, donc je vais laisser ton beau petit sexe se reposer ce soir. Ça ne te dérange pas que je te suce le clitoris ? Je vais être doux, mais je veux que tu puisses jouir et on ne sait pas si tu vas pouvoir avoir un orgasme si je passe par-derrière.

— Ça me semble bien, dit-elle, essoufflée.

— Bien.

Il lui fessa le côté droit et elle grogna. Le picotement était féroce, mais il soufflait parfois dessus ou la caressait doucement afin que la douleur se transforme en plaisir. Il lui fessa l'autre côté, puis répéta le processus, ne heurtant jamais deux fois le même endroit. Le corps de la jeune femme était douloureux, suppliait d'en avoir plus, comme la fille coquine qu'elle était.

— Allez, Callie. Tu peux jouir juste avec ma main ?

Elle gémit et laissa la douleur provoquer un orgasme. Son corps trembla et elle souffla en jouissant. Elle n'était pas du genre à aimer se faire mal, elle n'était pas non plus complètement masochiste, mais le fait que Morgan ait voulu qu'elle jouisse avait provoqué exactement cet effet.

Apparemment, son addiction était focalisée sur l'homme intense et sexy derrière elle.

L'homme parfait.

Morgan passa ses mains dans son dos et sur ses fesses, avant de lui caresser le cou. Il se pencha au-dessus d'elle et l'embrassa brusquement.

— Tes fesses sont tellement rouges, chérie. J'aime comme tu rougis. Tu es prête pour que je te prenne, ma petite ?

Elle acquiesça, puis se lécha les lèvres.

— Oui, s'il te plaît. S'il te plaît, comble-moi.

Il sourit, puis elle tendit la main, s'agrippant à la partie de son poignet qui n'était pas encore tatouée.

— Qu'est-ce qu'il y a, petite Callie ?

— Je veux te goûter. Puis-je ?

Elle aimait lui faire des fellations, parce que bien que ce soit *elle* qui lui procurait du plaisir, c'était lui qui la contrôlait. Bon sang, elle aimait tout ça.

Il sourit, puis se leva.

— Tu veux mettre la bouche sur ma queue ? Oh que oui !

Lorsqu'il tendit la main, elle y mit la sienne et se leva également.

— Enlève tes chaussures pour ne pas te tordre les chevilles.

— Je ne vais pas être à genoux ?

— Coquine. J'aime ça. Tu veux que je sois nu quand tu me suceras ?

— Tu veux que je décide ?

Il prit son visage en coupe et croisa son regard.

— Je veux que tu aies tout ce que tu veux, petite Callie.

Elle déglutit difficilement, son cœur se gonflant.

— Enlève tes vêtements. Je veux voir ton tatouage et je veux t'avoir entièrement dans la bouche, ou du moins, tout ce qui peut tenir.

Il acquiesça, puis s'agenouilla à ses pieds. Elle prit une grande inspiration lorsqu'il enleva ses chaussures, remontant ses mains sur ses jambes pour aller saisir ses fesses. Il embrassa son ventre et se releva, enlevant ses propres vêtements.

Lorsqu'il eut terminé, il se tint là, nu, un aperçu de son dessin apparaissant sur ses bras, puisqu'elle n'avait pas encore terminé le dessin. L'érection de Morgan heurta son ventre, laissant une traînée mouillée dans son sillage.

— Tu ne vas pas pouvoir me sucer longtemps, chérie. Je suis trop proche de l'orgasme là, et j'ai envie de combler tes jolies petites fesses.

Il tendit une main et elle la saisit pour se stabiliser quand il s'agenouilla devant lui.

Il emmêla une main dans ses cheveux et elle leva les yeux vers lui.

— Tu es si belle à genoux.

— Tu es une brute, le taquina-t-elle.

— Je suis ta brute.

Le sang de la jeune femme bouillonna et elle lécha le côté de son sexe.

— Merde, c'est tellement bon.

Elle sourit et le lécha à nouveau, suçotant l'extrémité de sa verge avant de prendre autant qu'elle pouvait dans sa bouche. Elle creusa les joues en s'éloignant de lui, puis fit rouler ses bourses dans sa main. Morgan gardait sa tête stable et elle ouvrit encore plus la bouche, le laissant la baiser au rythme qu'il voulait, appréciant qu'il garde le contrôle. Les yeux de Callie restèrent rivés sur l'étoile tatouée sur son ventre parce qu'elle pouvait voir la façon dont les muscles épais de son corps travaillaient quand il luttait pour avoir le contrôle.

Il s'éloigna et elle gémit.

— Enlève ton haut. Enlève ton soutien-gorge. Pose la tête sur le lit.

Il l'embrassa brutalement avant d'ajouter :

— Tu es si douée pour ça, chérie, mais je sais que je veux me préserver pour ton cul.

Elle sourit et fit ce qu'il lui dit. Il s'avança vers le tiroir de la table de nuit, couvrit son sexe avec un préservatif, puis commença à se lubrifier. Bon sang, il était énorme. Cela allait être douloureux, mais elle lui faisait confiance pour que ce soit agréable pour eux deux.

— Je vais mettre un oreiller sous tes hanches pour avoir un meilleur angle. Et même si j'ai envie que tu sois face à moi pour que je puisse voir ton visage quand tu jouiras, c'est mieux pour toi, pour une première. La prochaine fois que je serai dans ton cul, on le fera en face à face. D'accord ?

— Tout ce que tu veux, Morgan. Je te fais confiance.

Ses yeux s'illuminèrent et il se pencha pour l'embrasser.

— Tu n'imagines même pas ce que ça signifie pour moi de t'entendre dire ça.

— Si, j'imagine.

Il laissa échapper un soupir, l'embrassa à nouveau, puis grimpa sur le lit derrière elle. Il lui caressa les fesses, moulant ses paumes larges sur sa peau.

— Tu es toujours si rose, Callie. Ta vulve brille, toute prête. Je ne jouerai plus avec cette zone sensible ce soir, mais je te caresserai le clitoris pour te faire jouir. Je sais que je l'ai déjà dit, mais je veux m'assurer que tu sois prête pour ça.

Elle agita les fesses, plus que prête.

— Je le suis. S'il te plaît, Morgan. S'il te plaît, prends-moi le cul.

— Si tu le veux...

Il commença à la préparer en utilisant un doigt, puis deux, la lubrifiant lentement, jouant avec son orifice serré. Ses muscles se resserrèrent, mais sa main sur son clitoris lui permit de se détendre et de le laisser entrer plus profondément. Quand il eut trois gros doigts en elle, elle haletait.

— Je pense que tu es prête pour moi, mais dis-moi tout ce que tu ressens. Tu es prête, Callie ?

— Je suis prête, chuchota-t-elle.

L'extrémité de son sexe s'appuya contre son point d'entrée et elle s'obligea à ne pas se tendre.

— Détends-toi, chérie et pousse vers l'arrière, ça rendra le tout plus facile.

Elle le fit et le sentit la remplir. La pression était bien trop à supporter. Elle voulait hurler, mais elle prit plutôt une grande inspiration, laissant les chuchotements et les contacts apaisants de Morgan l'aider. Lorsqu'il fut entièrement en elle, il resta là un moment, ses doigts glissant sur le clitoris gonflé de la jeune femme.

— Tu es tellement bonne, Callie. Je vais jouir rien qu'en restant là. Tu vas bien, chérie ?

— Ouais. Il faut que tu bouges... que tu fasses quelque chose. Je suis tellement excitée.

— Tout ce que tu voudras, Callie. Tout ce dont tu as besoin.

Il bougea alors. Elle se cambra, ayant besoin d'être aussi proche de lui que possible lorsqu'il lui fit l'amour. Il fit des va-et-vient en elle, gardant une main sur son clitoris et l'autre caressant son flanc avant de finalement saisir son menton. Il se pencha au-dessus d'elle et prit sa bouche. Son goût l'excita davantage et elle jouit brutalement contre lui. Lorsqu'il se retira et cria, elle put le sentir remplir le préservatif, profondément en elle.

Elle resta là, haletante, essayant de reprendre sa respiration quand il recula. Sans aucune énergie, elle resta là quand il se débarrassa du préservatif, puis il revint avec un gant chaud pour la nettoyer. Il était si doux, si attentionné qu'elle ne put empêcher les larmes de couler sur ses joues.

— Chut, douce Callie, je m'occupe de toi, chuchota-t-il lorsqu'il eut terminé. Il l'attira dans ses bras, les enveloppant tous les deux sous les couvertures et la tenant près de lui.

— Laisse tout sortir, chérie.

Elle se blottit contre lui, inhalant son odeur, ne voulant jamais le laisser partir.

Elle l'aimait.

Elle l'aimait tellement et pourtant elle savait que si elle le disait, ce serait trop tôt.

Il posa la joue au sommet de son crâne et soupira.

— Dors, ma Callie. Je serai là quand tu te réveilleras.

Lui faisant confiance pour ne pas la lâcher, elle ferma les yeux.

Elle s'occuperait de ses sentiments, de son futur, de tout cela le lendemain matin. Pour le moment, elle était satisfaite dans ses bras, dans son lit et dans sa vie.

C'était tout ce qu'elle pouvait demander.

Du moins pour l'instant.

CHAPITRE NEUF

LA VIBRATION de l'aiguille apaisait Callie alors qu'elle travaillait sur son dernier client du jour. Cela faisait trois jours depuis qu'elle s'était rendu compte qu'elle était amoureuse de Morgan et pourtant, elle n'était pas stressée le moins du monde. C'était comme si son esprit et son corps étaient enfin alignés et qu'elle était prête pour la prochaine étape. Elle était peut-être plus jeune que lui, mais elle croyait en son instinct.

Elle n'avait pas non plus besoin de se marier et d'avoir des enfants ni de la vie soi-disant parfaite dès le début. Un avenir n'avait pas besoin d'être tracé sur une seule route et tant qu'elle pouvait finir par révéler ses sentiments, alors tout irait bien. L'idée de se marier et d'avoir des enfants ne lui faisait plus peur, mais elle était loin d'être prête pour ça.

Envisager de porter le collier de soumise de Morgan ne lui faisait pas peur non plus. Mais c'était une tout autre chose à laquelle elle devrait finir par penser.

À ce moment-là, son esprit était focalisé sur son client et la dernière ombre sur le tatouage de crâne sur son mollet. Elle pouvait faire tellement de choses sur un dessin de crâne traditionnel afin de le rendre unique pour la personne qui le portait.

Elle termina son travail, donna les instructions de soin et raccompagna son client. Il lui donna un excellent pourboire et elle fit une autre danse en se déhanchant.

— Toi et ta danse, dit Sloane derrière elle.

Elle cria.

Elle tourna les talons et posa les poings sur ses hanches.

— Pourquoi tout le monde me prend-il toujours par surprise et par-derrière ?

L'expression « par derrière » la fit rougir et Sloane haussa les sourcils.

— Oh, non. Je ne veux pas savoir pourquoi tu rougis.

Il leva les mains et partit lentement.

— Peu importe les trucs coquins que le vieux et toi vous faites, je n'ai pas besoin d'avoir l'image en tête.

— Oh, tu aimerais tellement être aussi coquine que notre Callie, lui dit Maya depuis son poste.

Callie lui adressa un doigt d'honneur, puis fit un signe de la main à sa cliente de soixante-dix ans.

— Désolé, madame Peterman.

— Ce n'est rien, ma petite. Je sais que vous, les jeunes, vous vous servez vraiment de votre libido. En fait, monsieur Peterman et moi, nous étions carrément obscènes quand nous étions en public, avant.

Elle soupira.

— Oh, ce qu'il aimait me faire sur le capot de sa Chevy.

Callie allait se laver le cerveau à la Javel.

— Tant mieux pour vous, madame Peterman, déclara Maya en souriant.

Callie secoua la tête et suivit Sloane à son poste, où il laissait son client se reposer un moment. Elle retint une exclamation devant le travail complexe sur la peau de l'homme. C'était un aigle parfait qui représentait tout ce pour quoi le client ainsi que le tatoueur avaient combattu en risquant leur vie un nombre incalculable de fois. On aurait dit que si elle tendait la main, elle pourrait toucher ses plumes.

— C'est magnifique, chuchota-t-elle.

Sloane sourit doucement, puis se remit au travail.

L'homme plus âgé dans la chaise sourit également et elle s'en alla en silence, leur laissant à tous les deux un peu d'espace. C'était pour cette raison qu'elle adorait tatouer. Cela rassemblait les gens, les aidait à guérir, et leur rappelait à la fois des souvenirs et l'éternité.

Elle ne voulait rien faire d'autre.

— Hé, Callie, ça va ? s'enquit Austin en venant à côté d'elle.

Elle lui sourit, passant un bras autour de sa taille. Il passa le sien sur ses épaules et elle se blottit contre lui.

— Ça va super bien, en fait. Sloane déchire tout là-bas et je viens de faire un tatouage superbe. Je suis heureuse.

Austin croisa son regard et fronça les sourcils.

— N'y a-t-il que les tatouages qui te rendent heureuse ?

— Hein ?

— Morgan et toi... ça va, tous les deux ?

Pourquoi posait-il la question ? Pourquoi cela ne se passerait-il pas bien ?

Il haussa les épaules, mais ne le lâcha pas.

— Quand j'ai voulu que tu lui fasses son tatouage, je ne pensais pas que vous finiriez ensemble aussi.

Agacée, elle plissa les yeux.

— Es-tu en train de dire que je ne suis pas assez bien pour lui ?

Austin recula.

— Waouh. C'est quoi ton délire, Callie ? Pourquoi imagines-tu une telle chose ?

— Je ne sais pas, Austin, c'est toi qui as lancé le sujet.

Blessée, elle croisa les bras sur son torse.

— Non, j'ai simplement dit que je ne pensais pas que tu allais coucher avec lui. Il est plus vieux et vous venez tous les deux de deux mondes différents.

— Et c'est quoi le putain de problème ?

— Eh, vous deux, arrêtez de vous battre.

— Casse-toi, Maya, crachèrent-ils tous les deux, en même temps.

— D'accord. Mais soyez honnêtes l'un avec l'autre et arrêtez de tirer des conclusions hâtives. Tous les deux, leur lança Maya avant de se remettre au travail.

— Callie. Tu es comme ma petite sœur. Je t'aime. Tu le sais. Je pense que tous les deux, vous allez bien ensemble. Au début, ça ne m'a pas traversé l'esprit que vous puissiez vous mettre en couple, mais maintenant je le vois bien. C'est cool. Je ne sais pas tout ce qu'il se passe et puisque je suis ton grand frère, je vais m'immiscer dans votre privée pour m'assurer que ma petite sœur est bien traitée. D'accord ?

Callie se détendit et se sentit immédiatement comme une garce.

— Je suis désolée. Je... Je ne sais pas pourquoi j'ai réagi ainsi.

— Je crois que tu dois régler certaines choses avec lui. Je sais que tous les deux, vous n'avez pas parlé de l'avenir, sinon l'un d'entre vous l'aurait mentionné.

— On est encore un couple tout nouveau, dit-elle doucement.

Austin la serra contre lui.

— Je sais, ma poupée. Et je m'occupe de vos affaires parce que je t'aime. Je veux que tu sois heureuse.

— Je le suis.

Elle l'*était*. Seulement, elle n'avait pas encore compris comment elle allait rentrer dans sa vie et dans le monde qui l'avait repoussée le soir où elle avait essayé.

— D'accord, alors.

— Je t'aime, Austin.

— Je vois que j'avais raison à propos de la petite traînée.

Callie se figea.

Im-pos-sible.

En aucun cas, la mère de Morgan ne venait juste d'entrer à *Montgomery Ink*. En aucun cas, elle ne venait de qualifier Callie de traînée.

Encore une fois.

Callie se retourna, mais Austin ne la lâcha pas.

— Madame McAllister.

— Pétasse. Tu crois que tu peux m'enlever mon fils ? Tu n'es rien d'autre qu'une sale prostituée qui pense qu'elle peut avoir mon argent. Regarde-toi. Avec ces dessins dégueulasses sur toi. Et voilà que tu te trémousses contre un autre repris de justice en plein jour. Attends que je raconte à mon fils tes sales manières.

— Excusez-moi ? Mais vous vous prenez pour *qui* ? déclara Maya en se levant et en lui jetant un regard noir.

Callie ferma les yeux et compta jusqu'à dix. Lorsqu'elle les ouvrit, Austin, Sloane, Maya, les clients de ces deux derniers ainsi qu'Hailey – qui avait dû sortir de son café – se tenaient devant elle.

Ils criaient tous en s'insultant tour à tour et rendant la situation encore pire. Non, elle ne voulait pas creuser son trou pour y mourir, mais elle voulait que ça se termine. Morgan valait beaucoup à ses yeux, mais il allait devoir contrôler sa mère.

Nom de Dieu.

— Arrêtez. Tous autant que vous êtes.

Personne ne l'écouta.

Elle se fraya un chemin entre eux et grogna.

— Laissez-moi gérer ça. Je suis une grande fille.

Elle prit une grande inspiration. Traiter cette femme de pétasse et lui mettre un coup de poing au visage n'aiderait en rien la situation. Même si cela l'aidait à se sentir mieux, elle devait d'abord parler à

Morgan. Elle voulait un avenir avec lui et tabasser sa mère allait peut-être compromettre cette éventualité.

Alors elle resterait calme.

Pour l'instant.

Ses amis se turent, mais ne bougèrent pas. La femme ouvrit la bouche pour parler, mais Callie leva une main.

— Non. Vous avez eu votre mot à dire. C'est une boutique et les propriétaires sont derrière moi. Si vous rajoutez quoi que ce soit, ils auront le droit de vous virer. Je sais que vous ne m'aimez pas, mais vous devez y aller. Morgan est adulte et vous devez le laisser prendre ses propres décisions.

— Vous voulez dire : le laisser commettre ses propres erreurs.

Aïe.

— Au revoir.

— Ce n'est pas fini, cracha la femme avant de partir en furie.

Non, Callie était certaine que ce n'était pas fini, mais elle devait se remettre de ces mots plus douloureux qu'ils n'auraient dû l'être.

— C'est quoi ce délire, Callie ? hurla Maya. Pourquoi ne t'es-tu pas défendue ?

Les autres commencèrent à lui crier dessus et elle ferma les yeux, se frottant les tempes. Un bras se posa sur ses épaules et elle se retourna pour voir Hailey.

— Fermez là. Taisez-vous tous, dit doucement la jeune femme.

Étonnamment, ils le firent.

— Maintenant, laissez Callie parler et on pourra repartir chacun dans nos vies. Compris ?

Tout le monde hocha la tête en signe d'approbation vers l'amie de Callie et cette dernière se détendit.

— Je n'ai pas crié et je ne l'ai pas frappée, puisque ça n'aurait pas aidé. Elle a une opinion de moi que je ne peux changer. Ce que je peux faire, en revanche, c'est en parler à Morgan quand j'irai chez lui ce soir. Je ne vais pas la laisser recommencer. Je ne vais pas rester en attente et la laisser me traiter ainsi. Mais je *vais* en parler à Morgan pour trouver une façon de régler ça sans foutre tout le monde en l'air.

— Tu aimes vraiment ce mec ? s'enquit doucement Austin.

— *Ce mec* est ton ami.

Elle souffla.

— Eh oui. Je l'aime. Il ne le sait pas et, franchement, je ne suis pas prête à lui dire. Néanmoins, je *vais* trouver ce que je dois faire pour sa mère, parce que ça ne peut pas se reproduire. Et je ne vais pas me retenir une seconde fois.

— C'est bien, Callie, dit Sloane. C'est bien. Parce que si elle revient, j'appelle les flics pour éviter que Maya la tabasse.

Ils étreignirent Callie et elle eut l'impression que sa famille se rassemblait autour d'elle. Le fait qu'elle soit obligée d'avoir quelqu'un avec elle pour la calmer l'inquiétait et elle était vraiment en colère, mais elle repoussa cette idée. Elle finirait sa journée, terminerait son prochain client, puis elle irait voir Morgan chez lui, comme prévu.

Sa mère ne pouvait pas la repousser, pas quand elle sentait que Morgan tenait à elle.

Elle espérait simplement que ce serait suffisant.

Morgan passa une main sur son crâne et baissa les yeux vers la boîte sur son lit. Il avait acheté chez un antiquaire la parure en diamants qui servirait de collier de soumise pendant la journée, mais il se disait maintenant qu'il aurait dû acheter quelque chose de neuf.

D'unique.

Callie aimait porter des pièces anciennes, auparavant chéries par d'autres, et les faire siennes. Ainsi, l'idée qu'elle puisse porter cela comme un collier de soumise qui montrait au monde qu'elle lui appartenait lui avait paru logique au moment de l'achat.

Il espérait simplement que ce soit encore le cas.

Ils n'étaient pas ensemble depuis longtemps, mais il avait l'impression qu'on ne pouvait nier leur connexion. Il ne voulait pas d'une vie vingt-quatre heures sur vingt-quatre et sept jours sur sept avec elle, et il savait que c'était également le cas de Callie. Néanmoins, il voulait savoir qu'elle serait à lui et il lui ferait savoir qu'il serait là pour elle, peu importait ce qu'il se passait. Il ne rajeunissait pas et il était assez vieux pour savoir ce qu'il voulait, ce que son cœur désirait.

Et ils voulaient tous les deux Callie.

Il avait pensé à une bague de fiançailles et, pour une quelconque raison, il s'était retenu de l'acheter. Si elle portait un collier en public, dont seules quelques personnes comprendraient la signification, il aurait l'impression que ce serait un plus grand pas pour lui. Une fois qu'ils seraient prêts tous les deux, il allait lui demander de l'épouser pour que le reste du monde sache qu'ils étaient ensemble.

C'était samedi, donc il avait un jour de repos et au lieu de trouver d'autres choses à faire en termes de paperasse ou de rencontre avec les clients, il avait fait du shopping pour la femme qu'il aimait.

Qu'il aimait !

Bon sang, comment était-il tombé amoureux si vite ? Il n'était pas du genre romantique et il n'était pas habitué à ces sentiments, mais il ne pouvait nier ce qu'il ressentait pour Callie.

Il voulait un avenir avec la femme qui, d'extérieur, semblait être exactement ce qu'il ne lui fallait pas. Les apparences n'avaient pas d'importance pour lui et une fois qu'il l'aurait à ses côtés, il frapperait tous ceux qui oseraient formuler leurs objections publiquement. Il savait que sa mère et ses sœurs seraient un problème, mais elles ne vivaient pas sa vie. Ses sœurs allaient peut-être s'en remettre, mais sa mère entraînerait toujours des complications. Elle ne jugerait jamais assez bien la femme qu'il trouverait, à moins d'organiser la rencontre. Étant donné que les femmes que sa mère avait fait parader autour de lui auparavant, il ne doutait pas qu'il aurait été malheureux s'il avait cédé.

Il se détestait déjà d'avoir cédé à un seul rendez-vous avec Heather. Mais s'il n'avait pas suivi le plan, il n'aurait pas retrouvé Callie pour qu'elle travaille sur son tatouage. Les choses n'auraient pas été les mêmes et il n'aurait peut-être pas eu la chance de connaître la meilleure chose dans sa vie. Il devait être reconnaissant d'avoir connu ces retournements de situation et ces coups du destin puisqu'il savait qu'ils lui avaient curieusement permis de trouver Callie.

Maintenant qu'il l'avait, il ne voudrait jamais la laisser partir.

Il traça du bout des doigts les diamants et les lignes du collier.

Il espérait simplement qu'elle accepterait.

C'était peut-être trop tôt, mais Morgan ne le pensait pas. Elle était jeune, mais avait une âme mature. Parlez peut-être d'un cliché, mais il connaissait son âme et voulait en apprendre plus. Il voulait être son dominateur, son compagnon, son seul et unique. Il voulait qu'elle fasse partie de sa vie, jusqu'au jour où il rendrait son dernier souffle.

Elle l'accepterait.

Elle le devait.

Quelqu'un frappa brusquement à la porte et il fronça les sourcils. Callie n'avait pas de clé – pas encore –, mais normalement, elle ne frappait pas aussi fort. Peut-être que c'était un voisin. Il mit le collier dans le tiroir de sa commode et lissa sa chemise, se préparant.

Il prit une grande inspiration.

Cela pouvait être le moment.

Il était tellement nerveux que c'en était amusant, mais il avait hâte de voir son visage quand il lui ferait sa promesse.

Il avança jusqu'à la porte et l'ouvrit, le sourire sur son visage disparaissant quand il vit sa mère et Heather sur le pas de la porte.

— À la maison un samedi quand tu devrais faire du golf ou aller déjeuner avec des clients, cracha sa mère en entrant chez lui.

Il était tellement surpris qu'elles soient là qu'il les laissa entrer tous les deux.

— Tu détruis la mémoire de ton père en étant si

paresseux et je ne l'accepterais pas. Tu m'entends ? Je n'accepterais pas que tu lui fasses honte. Que tu fasses honte à ta famille.

Morgan prit une grande inspiration et se tourna pour regarder sa mère ainsi que son invitée. Il ne prit même pas la peine de fermer la porte, puisqu'ils ne voulaient pas qu'elles imaginent être les bienvenues ici. Il leur donnerait une minute ou deux avant de les jeter dehors. Il en avait assez. Il en avait assez que sa mère s'imagine gouverner sa vie, qu'elle pense avoir son mot à dire dans ce qu'il faisait ou sur sa façon de vivre.

— Si tu es là pour me rabaisser et juger ce que je fais, tu peux sortir directement. J'en ai assez de toi et de ton venin.

Sa mère plissa les yeux.

— Est-ce que c'est ta traînée qui te fait cet effet-là ? Cette poufiasse d'actrice porno.

Morgan grinça des dents.

— Fais attention à ce que tu dis. Si tu insultes encore Callie, je ne serai plus responsable de mes actes.

— Tu gâches ta vie avec elle. Si tu voulais vraiment coucher avec une prostituée, tu pourrais t'en payer une. Heather s'en moquerait une fois que vous serez mariés, tant que tu lui réserves une partie raisonnable de ton temps et que tu lui donnes un héritier.

Morgan jeta un coup d'œil à Heather qui, parmi

tout ce qu'elle pouvait faire, acquiesçait impatiemment à côté de sa mère.

Mon Dieu. Elles étaient les mêmes.

— Tu sais quoi ? Va te faire foutre. Allez vous faire foutre toutes les deux.

Sa mère prit une grande inspiration.

— Morgan ! s'exclama-t-elle.

— Oh, ferme-la. Je suis le seul héritier. Si tu veux continuer avec ta dynastie sexiste, alors qu'il en soit ainsi. Je suis propriétaire de nos affaires. Je porte le nom de notre famille. C'est moi qui aie le pouvoir, puisque toi et Père, vous me l'avez donné.

Il changerait les choses pour Callie et lui, mais il ne dit rien à ce moment.

— Tu peux aller en enfer, lui dit-il. Je ne te donnerai pas un centime. Tu peux rester dans ta petite maison et t'accrocher à ce que tu as, mais tu n'auras pas un sou de ma part.

Sa mère pâlit, mais ne recula pas.

— Tu ne peux pas me faire ça. Tu ne seras pas heureux avec cette pétasse. Tu as besoin d'Heather. C'est elle qui t'aidera à avancer et à faire avancer ta famille.

— Je refuse de frapper une femme, alors tu ferais mieux de disparaître, hors de ma vue. Tout. De. Suite.

— Heather est la femme qui peut te donner les

héritiers dont tu as besoin. Te donner la vie à laquelle tu es habitué.

Cette femme ne comprenait pas un seul mot qui sortait de sa bouche. Peu importait ce qu'il faisait, elle ne comprendrait jamais. Il en avait assez.

— J'ai toujours voulu que tu aies ce que tu mérites, dit brusquement sa mère.

Ou ce qu'elle pensait être le mieux pour lui.

— Tu as fait défiler des femmes autour de moi pendant des années.

Heather se rapprocha et il serra les poings.

— Callie n'est pas comme Heather. Elle n'est pas comme les autres.

S'il avait été plus rapide, il l'aurait arrêté. Mais Heather eut le temps de passer les bras autour de lui et d'appuyer ses lèvres contre les siennes.

Il la repoussa rapidement, s'essuyant la bouche.

— C'est quoi ton *putain* de problème ?

— C'est ce que tu rates.

Elle lui lança un sourire narquois, regardant par-dessus son épaule et il se retourna.

Callie se tenait dans l'embrasure de la porte, pâle et tremblante.

Qu'avait-elle entendu ? Qu'avait-elle vu ?

D'après l'air sur son visage, peu importe ce qu'elle avait vu et entendu, ce n'était pas bon.

— Callie...

Elle leva une main.

— Non. Je vois que je vous interromps.

Elle se retourna et courut dans l'allée. Il mourait d'envie de la suivre, mais il devait d'abord régler quelque chose une fois pour toutes.

Il se retourna vers sa mère et Heather.

— Cassez. Vous. De. Là.

La voix de Morgan était rauque et calme, tellement que c'en était alarmant.

— C'est fini. Je ne veux plus jamais vous revoir. Vous vous approchez de moi et j'appelle les flics. Et vos amis de la haute société n'aimeraient-ils pas entendre parler de ça ? Si vous vous approchez de moi ou de Callie, je vous *finirais*.

Il tira sa mère et Heather par les bras et les poussa hors de sa maison. Elles poussèrent des cris stridents, mais il s'en moquait. Il prit une grande inspiration, puis attrapa ses clés et pria pour que Callie n'ait pas encore quitté son allée.

Il venait peut-être tout juste de gâcher la plus belle chose qu'il avait dans sa vie et il n'allait pas reculer. Il aimait Callie Masters et ne laisserait rien d'autre se mettre entre eux.

CHAPITRE DIX

CALLIE N'EST PAS comme Heather. Elle n'est pas comme les autres.

Ce baiser.

Ce putain de baiser.

Elle avait vu les mains de Morgan posées sur les hanches d'Heather. Il l'avait peut-être repoussée, mais pas assez rapidement à son goût. Peut-être qu'Heather s'était jetée sur lui, mais Callie avait entendu Morgan la comparer à l'autre femme qui était arrivée avant elle.

Elle avait toujours su qu'elle était différente des autres, mais elle pensait que Morgan était plus fort que ce que la société demandait de sa part. Maintenant, elle était assise dans sa voiture, ses mains tremblant alors qu'elle essayait d'allumer le moteur. Si elle ne partait pas maintenant, elle allait devoir faire face à

Morgan à nouveau. En aucun cas, il ne la laisserait simplement partir, il était trop exigeant pour ça.

Enfin, au moins une partie d'elle l'espérait. Vous pouvez la traiter de blasée, de folle et de malade. Parce que c'était ce qu'elle était. Des larmes coulèrent sur son visage et elle se maudit. Elle ne pleurerait pas pour un homme. Elle valait mieux que ça. Peu importait si Morgan ne la trouvait pas assez bien par rapport aux autres femmes qu'il avait eues dans sa vie.

Franchement, elle s'en foutait.

Elle savait qu'elle était la folle tatouée qui était trop jeune pour lui. Elle en avait eu la preuve quand elle l'avait rencontré au gala. Comme un léopard, elle ne changeait pas de territoire et qu'elle soit maudite si elle se forçait à essayer.

On frappa à la vitre, ce qui la fit sursauter, mais elle refusa de lever les yeux. La portière s'ouvrit et elle s'en voulut de ne pas l'avoir verrouillée tout de suite.

—Callie, chérie. Rentre. Parlons.

Elle agrippa le volant, fixant ses mains du regard.

—Il n'y a pas de quoi discuter, Morgan.

Sa voix se brisa et elle déglutit difficilement.

—Je m'en vais, alors s'il te plaît, ferme la portière.

—Ce n'est pas ce que tu crois.

Mon Dieu. *Cette* réplique. Pourquoi les hommes pensaient-ils avoir le droit d'utiliser cette réplique. Il se tenait là, à agir comme si tout allait bien, alors qu'elle se brisait à l'intérieur. Elle se brisait comme la femme fragile qu'elle refusait d'être.

— Va-t'en.

— Chérie. S'il te plaît, rentre. Ce n'était pas ce que tu penses.

— Je me fiche de savoir ce que c'était. Je m'en vais. S'il te plaît. Ferme cette porte avant que je commence à conduire pendant qu'elle est ouverte.

C'était trop dur à supporter.

— Callie Masters. Reste, ordonna-t-il.

Comment ose-t-il ?

Il ne lui donnait des ordres que dans la chambre à coucher. Il n'avait aucun droit de le faire ici. Elle se retourna vers lui, ignorant la douleur dans son regard et ses mâchoires serrées.

— Je ne suis pas ta traînée. Tu n'as pas le droit de me dire quoi faire.

On aurait dit qu'elle l'avait frappé et il recula. Son cœur se brisa, elle ferma la porte, démarra le moteur et quitta l'allée. Elle savait que ce ne serait pas sûr de conduire pendant très longtemps, donc elle rejoignit la maison de Maya et s'arrêta devant.

Avait-elle surréagi ?

Peut-être.

Avait-elle laissé ses incertitudes prendre le dessus ?

Possiblement.

Une autre femme l'avait-elle embrassé ?

Oui.

Avait-il dit qu'elle n'était pas aussi bien que d'autres femmes dans sa vie ?

Oui.

Il n'y avait pas d'autres options pour elle.

Callie leva les yeux en éteignant enfin le moteur, et elle vit une Maya renfrognée se tenir sous le porche. Encore tremblante, Callie sortit de la voiture et Maya jura.

— Que s'est-il passé ? Qui dois-je tuer ?

Callie bredouilla dans un rire qui se transforma en sanglot.

— C'est pour ça que je t'aime, dit-elle.

Maya tendit les bras et Callie se blottit contre l'autre femme.

— C'est à cause de Morgan ? demanda-t-elle en guidant Callie vers la maison.

Callie acquiesça, essayant d'arrêter ses larmes. Bon sang. Elle ne voulait pas pleurer. Elle voulait être plus forte que ça, mais ça n'était pas près d'arriver. Du moins, pas tout de suite.

Elles s'assirent sur le canapé et Callie raconta tout à Maya. De la soirée au gala, jusqu'à la façon dont Morgan s'était mêlé à son monde (ou du moins, c'était ce qu'elle avait pensé) puis ce qu'elle avait vu lorsqu'elle était arrivée chez lui. Pendant ce temps-là,

Maya caressait le dos de Callie en acquiesçant ou jurant doucement.

— Je suis désolée que tu aies dû supporter la négativité des autres, chérie. Ce qu'ils pensent ne veut rien dire. Leurs opinions ne sont pas fondées sur autre chose que de l'intolérance et de la cruauté. Morgan aurait été sacrément chanceux de t'avoir. Le fait qu'il ne puisse pas le voir signifie qu'il ne méritait pas que tu lui accordes du temps.

Callie grimaça, pensant exactement à ce qu'il s'était passé.

— Il a repoussé l'autre femme quand elle l'a embrassé.

— Et il a essayé d'utiliser sa domination pour t'obliger à rester. Ce n'est pas cool.

Elle secoua la tête. Non, effectivement, ça n'avait pas été cool. Même s'il était toujours plus dominateur qu'elle, il lui donnait toujours le choix quand c'était important.

— Peut-être que j'aurais dû le laisser s'expliquer, chuchota-t-elle.

Maya grogna.

— Tu peux le laisser faire. Ce n'est pas parce que tu l'as laissé pour réfléchir que c'est terminé entre vous. À moins que tu souhaites que ce le soit. Mais tu avais besoin d'espace pour tout remettre en ordre et il ne t'en laissait pas.

Elle déglutit difficilement. Elle ignorait ce qu'elle allait faire, mais la vision des lèvres de Heather sur celles de Morgan, et la comparaison qu'il avait faite la blessait. Peut-être qu'à un moment, elle lui pardonnerait, mais pour le moment, elle ne pouvait pas lui faire face.

— Si tu veux, je peux demander à mes frères de le tabasser, déclara doucement Maya.

Callie ricana.

— Attends, reprit Maya. On s'en fout de mes frères. On va le faire nous-mêmes.

Callie rejeta la tête en arrière et rit, la chaleur remplissant ce vide douloureux dont elle avait ignoré la présence. Elle ne serait pas totalement comblée, mais son amie l'aiderait. Au moins pendant un moment.

Le lendemain, Callie roula des épaules et ouvrit la porte à la femme, dont elle avait plus ou moins attendu l'arrivée.

— Madame McAllister.

La femme lui lança un regard pincé et avança pour entrer chez Callie. Oh non, ça n'allait pas le faire. Elle n'avait plus peur. Elle n'allait pas laisser cette femme lui marcher dessus encore une fois. Elle ignorait comment celle-ci avait découvert où Callie habitait, mais l'argent et l'influence avaient probablement quelque chose à voir là-dedans.

— Vous pouvez rester sous le porche si vous voulez me parler, mais vous n'êtes pas la bienvenue chez moi.

La mère de Morgan leva le menton d'un air de dédain.

— Comme si j'avais envie de mettre un pied dans ce taudis.

Bien sûr, ma belle. Sauve la face. Peu importait.

— Que puis-je faire pour vous ?

Ah, tu vois ? Je peux être polie.

L'autre femme leva à nouveau le menton.

— Je voulais savoir quel était ton prix.

Callie cligna des yeux.

— Quoi ?

La femme sourit, mais ce n'était pas d'un air gentil.

— Je veux savoir combien d'argent tu veux pour rester loin de Morgan. Je suis sûre que je peux trouver un nombre sur lequel nous nous mettrons d'accord pour que tu restes loin de nos vies.

Oh, nom de Dieu, comme cette femme était ignorante.

— D'abord, ma jolie, vous ne pouvez pas me payer pour m'éloigner de sa vie.

Elle réussissait à le faire toute seule, sans contrepartie, mais elle n'allait pas le dire à cette femme.

— Deuxièmement, si vous pensez vraiment que

l'argent est le seul moyen d'arriver à vos fins, alors vous commettez une triste erreur.

— Tu es juste une moins que rien qui pense pouvoir se faufiler dans nos vies. Je ne vais pas te laisser faire.

Elle en avait assez. Tellement marre.

— Je ne suis pas une moins que rien. Je suis Callie Master, putain. Je suis une artiste talentueuse. J'ai un travail. Je suis propriétaire de ma maison. J'ai des amis et une famille qui m'aime. Je ne suis pas un vieux pruneau desséché qui agite son argent dans tous les sens pour sauver un héritage qui ne lui appartient pas.

La femme ouvrit la bouche pour parler et Callie lui cracha :

— Fermez-la. Nous sommes sur ma propriété et c'est à moi de parler. Je ne veux rien avoir à faire avec vous. Ma relation n'a rien à voir avec vous.

Et ce ne serait jamais le cas, bon sang. Pourquoi avait-elle laissé les actions de cette femme lui faire du mal ? Elle avait été blessée, mais elle avait blessé Morgan en même temps.

Merde.

— Tu es une sangsue.

— Non, ma jolie. C'est vous, la sangsue.

Sur ces mots, Callie recula et claqua la porte au visage de la mère de Morgan.

C'était étrangement génial. Elle se frotta les bras,

sa peau la picotant. Elle s'était défendue comme elle aurait dû le faire dès le début. Non, elle n'avait rien caché à Morgan, mais elle n'avait pas été aussi volontaire et honnête avec les personnes de sa vie qui avaient essayé de les séparer. Elle s'était cachée pour protéger une relation qui n'aurait pas duré si elle lui avait caché des choses.

Callie se passa une main dans les cheveux et avança vers son bloc-notes. Elle allait dessiner pour éviter de penser à l'agonie de son cœur. Alors qu'elle tournait les pages, elle vit les croquis qu'elle avait faits pour Morgan et se mordit la langue. Bon sang. Au lieu de les déchirer comme elle aurait dû le faire, elle les fit défiler rapidement et se retrouva sur une page blanche.

Une page blanche... tout comme son futur.

Non, ce n'était pas normal. Elle n'avait pas de page blanche. Elle avait des amis et une famille qui l'aimaient, un travail qu'elle avait hâte de retrouver et des rêves qu'elle n'abandonnerait pas.

Morgan ne serait simplement pas à ses côtés.

Quelqu'un frappa à la porte à nouveau et Callie grinça des dents. Cette vieille bonne femme. Elle l'ouvrit brusquement, ne prenant pas la peine de regarder qui était là avant d'ouvrir la bouche pour parler.

— Je vous ai dit de vous casser.

Elle se figea en observant un Morgan défait. Il ne s'était pas rasé et il portait les mêmes vêtements dans lesquels elle l'avait vu la veille au soir. Oh, bon sang. On aurait dit qu'il avait passé une soirée pire que la sienne.

Pourquoi se faisaient-ils subir ça ?

— Je ne partirai pas, Callie. Pas avant que tu m'écoutes.

Elle déglutit difficilement.

— Je... Je croyais que tu étais quelqu'un d'autre.

Il inclina la tête.

— À qui d'autre crierais-tu de partir ?

Elle haussa les épaules. Inutile de mentir et de garder des secrets.

— Ta mère.

Le rouge tinta ses joues et il jura.

— Je suis désolé. Je l'ai viré de ma maison et de ma vie, mais elle n'abandonne pas facilement. Lundi, quand elle se rendra compte que les cordons de la bourse ont officiellement été coupés, elle décampera.

Callie écarquilla les yeux et elle recula, le laissant entrer pour pouvoir fermer la porte.

— Tu as viré ta mère de ta vie ?

Morgan prit son visage en coupe et elle soupira.

— Oui, j'étais en train de le faire quand tu es entrée.

Elle grimaça à ce souvenir.

— Tu veux dire quand je t'ai surpris en train de

déclarer que je n'étais pas assez bien et de laisser cette femme t'embrasser.

Il écarquilla les yeux.

— C'est quoi ce délire ? Je n'ai *pas* dit ça.

— Si. Si tu l'as dit.

Il secoua la tête et tendit la main vers la sienne, mais elle s'éloigna.

— J'ai dit que tu n'étais pas comme les autres. Ce qui veut dire que tu es la bonne personne pour moi, petite Callie. Les autres femmes avec qui ma mère voulait que je sois étaient futiles et superficielles. Elles n'étaient rien d'autre pour moi qu'une nuisance. J'ai essayé d'être un homme cordial et de les rejeter douce-ment, pour ne pas passer pour un salaud, mais elles ne voulaient de moi que pour mon nom et mon argent. Tu n'es pas comme elles, chérie. Tu es loin d'être dans leur catégorie. Je suis tellement désolé que tu aies pensé le contraire. Merde. Je suis désolé que tu aies ressenti autre chose que mon amour pour toi. Je n'aurais pas dû te mettre dans une position dans laquelle tu aurais pu être blessée. C'est moi qui suis censé te protéger et à cause de moi tu as été blessée. *Je* t'ai blessée.

Callie cligna des yeux devant lui.

— Je... Je ne comprends pas.

Il tendit la main et prit son visage en coupe. Cette fois-ci, elle le laissa faire.

— Je t'aime, Callie Masters. Je veux être avec toi

jusqu'à ce que je rende mon dernier souffle. Tu es la bonne personne pour moi. Je n'aurais pas dû te laisser partir, hier, et je n'aurais pas non plus dû t'ordonner de rester. J'aurais dû dire clairement que tu es celle que je veux dans ma vie, mon cœur, mon âme.

Les larmes coulèrent sur ses joues, mais elle ne put parler. Pas encore.

— Il y a ceux qui pensent que je suis bien trop vieux pour toi, mais je m'en moque. Je me fous de savoir ce que les autres disent, puisque tu es mon éternité, Callie. Tu es celle que je veux avoir à mes côtés pendant les bons comme les mauvais moments. Je veux que tu portes mon collier tous les jours et que tu saches que je serai ton amant, ton protecteur et ton cœur jusqu'au jour de ma mort. Je veux que tu saches que tu m'appartiens. Je te veux pour toujours, petite Callie.

Il sortit le collier en diamants de sa poche et elle s'exclama.

— Un jour, je te demanderai de m'épouser. Un jour, je mettrai un genou à terre pour que le monde sache que tu es à moi autant que je suis à toi. Un jour, je te regarderai t'arrondir pour notre enfant et j'élèverai nos précieux bébés à tes côtés. Pour le moment, je veux que tu portes mon collier et que tu saches que je serai toujours là pour toi. Peu importe le monde dans lequel nous vivons, peu importe ce qui arrivera. Quand tu le porteras, tu sauras que je suis à toi autant que tu es à moi.

— Morgan...

Elle n'arrivait pas à parler. Sa gorge se resserrait et pourtant, elle ne s'était jamais sentie aussi heureuse. Oh, bon sang, comme elle avait eu tort.

— Parle-moi, Callie.

Elle prit une brusque inspiration et posa une main sur son torse.

— Je t'aime aussi, Morgan. Je t'aime de chaque fibre de mon être. Je sais que c'est trop tôt et que nous avons le temps de grandir et de nous lier l'un à l'autre, mais pour l'instant, je sais que je t'aime. J'ai hâte de devenir ta femme, la mère de tes enfants. Le fait que tu saches que j'ai besoin de temps avant que cela arrive m'indique que tu m'aimes encore plus que je ne pourrais jamais le savoir.

Elle l'embrassa sur le torse. Une fois. Deux fois.

— Je serai honorée de porter ton collier, d'être à toi, chuchota-t-elle.

Morgan enroula sa main derrière sa nuque pour que son pouce caresse encore sa mâchoire.

— Callie, c'est la dernière fois que je vais te *demander* de t'agenouiller. Veux-tu bien t'agenouiller devant moi pour que je place le collier autour de ton cou ? Pour que tu saches que je suis ton protecteur, ton amant, tout comme tu es mon amante, mon sanctuaire et la gardienne de mon cœur.

Elle acquiesça et s'agenouilla devant lui, son corps tremblant. Il repoussa ses cheveux et mit le collier autour de son cou, l'attachant avec des mains stables.

Stables.

Il était son roc, sa force.

Merci mon Dieu.

Il tendit sa main et elle la saisit, se levant pour lui faire face.

— Je t'aime. J'aime l'allure que tu as avec ma marque sur toi.

Il prit son visage en coupe et l'embrassa. Elle mit toute son âme dans le baiser, l'approfondissant pour qu'elle puisse lui montrer à quel point il était important pour elle, comme elle avait envie de ça et de cet avenir.

— Tu es à moi, Callie. Pour toujours.

Elle glissa ses mains sur son torse, son corps.

— Je t'aime, Morgan. Je... tu es la bonne personne pour moi. Je n'ai jamais cru que ça arriverait, et pourtant, je n'imagine rien d'autre.

Il l'embrassa sur les joues, les lèvres, les tempes.

— Je suis désolé de t'avoir fait pleurer. Je ferai tout ce qui est en mon pouvoir pour me rattraper, pour montrer que tu es la bonne personne pour moi.

Elle croisa son regard et se lécha les lèvres.

— Je le sais, Morgan. Nous n'avons pas tout réglé et

je sais que nous avons d'autres choses à apprendre, que nous devons encore grandir, mais j'ai hâte de le faire à tes côtés.

Elle sourit, puis glissa ses mains sur son dos.

— Je vais finir ton tatouage, je fais te faire briller, puis t'aimer jusqu'au jour de ma mort.

Il lui sourit en retour et elle se sentit encore plus amoureuse.

— Je serai ton tout. Ta force, ta toile. Je serai juste à toi.

Pour toujours.

À suivre dans la série *Montgomery Ink* : À dessein prémédité

NOTE DE CARRIE ANN

Merci beaucoup d'avoir lu *À l'encre de ton âme*.

À suivre dans la série *Montgomery Ink* : À dessein prémédité

La série *Montgomery Ink* est toujours en cours d'écriture. J'espère que vous pourrez découvrir les premiers tomes déjà parus !

Ne ratez pas le monde de *Montgomery Ink* !

Pour vous assurer d'être informé de toutes mes nouvelles parutions, inscrivez-vous à ma newsletter sur www.CarrieAnnRyan.com ; suivez-moi sur Twitter @CarrieAnnRyan, ou sur ma page Facebook. J'ai également un Fan Club Facebook où nous discutons de sujets divers, avec annonces et autres goodies. C'est grâce à vous que je fais ce que je fais, et je vous en remercie.

N'oubliez pas de vous inscrire à ma LISTE DE DIFFUSION pour savoir quand les prochaines publications seront disponibles, participer à des concours et obtenir des *lectures gratuites*.

Bonne lecture !

Montgomery Ink :

Montgomery Ink:

Tome 0.5: À l'encre de ton cœur

Tome 0.6: À l'encre du destin

Tome 1 : À l'encre déliée

Tome 1.5: À l'encre de ton âme

Tome 2 : À dessein prémédité

Tome 3 : D'encre et de chair

Tome 4 : Attrait pour trait

Tome 4.5: À l'encre des secrets

Tome 5: Entre les lignes

Tome 6: En pointillé

Tome 6.5: À l'encre de nos rêves

Tome 6.5: À l'encre de tes yeux

Tome 7: Nos desseins ravivés

Tome 7.3: À l'encre de nos vies

Tome 7.5 À l'encre de nos choix

Tome 8: Motifs troubles

Tome 8.5: À l'encre de ton corps

Tome 8.7: À l'encre de l'espoir

Montgomery Ink:

Tome 7.5 À l'encre de nos choix

Tome 8: Motifs troubles

Tome 8.5: À l'encre de ton corps

Tome 8.7: À l'encre de l'espoir

Les Frères Gallagher:

Tome 1: Un amour nouveau

Tome 2: Une passion nouvelle

Tome 3: Un nouvel espoir

Redwood:

1. Jasper

2. Reed

3. Adam

4. Maddox

5. North

6. Logan

7. Quinn

Griffes

1. Gideon

Pour plus d'informations, abonnez-vous à la LISTE DE DIFFUSION de Carrie Ann Ryan.

À PROPOS DE L'AUTEUR

Carrie Ann Ryan n'avait jamais pensé devenir écrivaine. C'est seulement quand elle est tombée sur un roman sentimental alors qu'elle était adolescente qu'elle s'est intéressée à cette activité. Lorsqu'un autre romancier lui a suggéré d'utiliser la petite voix dans sa tête à bon escient, la saga *Redwood* ainsi que ses autres histoires ont vu le jour. Carrie Ann a publié plus d'une vingtaine de romans et son esprit foisonne d'idées, alors elle n'a guère l'intention de renoncer à son rêve de sitôt.

www.ingramcontent.com/pod-product-compliance
Lightning Source LLC
Chambersburg PA
CBHW071258190726
48292CB00007B/2582